RENEE ROSE: HOLEN SIE SICH IHR KOSTENLOSES BUCH!

Tragen Sie sich in meine E-Mail Liste ein, um als erstes von Neuerscheinungen, kostenlosen Büchern, Sonderpreisen und anderen Zugaben zu erfahren.

https://www.subscribepage.com/mafiadaddy_de

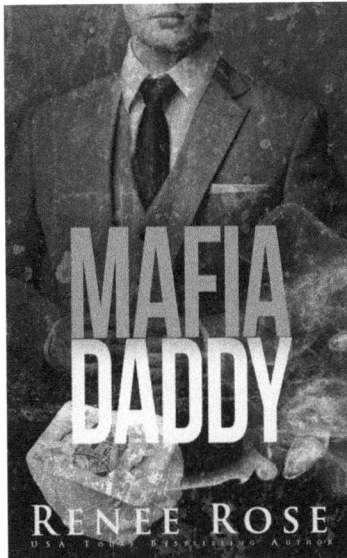

KAPITEL EINS

L ayne

DIE ZAHLEN auf dem Computer starren mich an und ich starre zurück. Es ist ein sinnloser Wettbewerb. Der Computer gewinnt.

Kopfschüttelnd rolle ich meinen Stuhl durch das Labor zu meinem Mikroskop, doch nein, auch dort hat sich nichts verändert. „Das kann nicht stimmen", brumme ich und reibe mir die Augen. Seit ich diesen Job angefangen habe, habe ich den ganzen Tag, sieben Tage die Woche, durch das Mikroskop oder auf einen Bildschirm gestarrt. Vielleicht beginne ich allmählich zu halluzinieren.

„Stimmt etwas nicht?"

Ich keuche und wirble herum, wobei ich eine Hand auf meine Brust presse. „Dr. Smyth, Sie haben mich erschreckt."

Der Mann an der Tür neigt seinen weißblonden Kopf, aber entschuldigt sich nicht.

„Es ist alles in Ordnung. Ich rede nur mit mir selbst. Das mache ich manchmal. Ähm." Ich räuspere mich. „Ich habe die Vorversuche mit den Zellen, die das Alpha-Team so schnell hergebracht hat, beendet. Es gibt einige recht spektakuläre Ergebnisse."

Mein Boss kommt herein, als gehöre ihm das Labor, obwohl er keinen Fuß hineingesetzt hat, seit er mich eingestellt hat. Er trägt keinen Laborkittel, sondern einen dunklen Geschäftsanzug. Selbst in seinen glänzenden schwarzen Schuhen macht er kein Geräusch, wenn er sich bewegt, und manchmal erwische ich ihn dabei, wie er mich, ohne zu blinzeln, anstarrt. Wie ein Alligator oder irgendein Raubtier auf der Jagd. Meine Mutter sagte mir stets, ich hätte eine wilde Fantasie. Ich umklammere meinen Schreibtischstuhl, froh darüber, dass sich etwas zwischen mir und ihm befindet.

„Ich muss einfach fragen – was war die Quelle dieser Zellen?"

„Ich würde es Ihnen gerne sagen, aber dann müsste ich Sie töten." Sein Lächeln sorgt dafür, dass ich mich versteife. Wenn überhaupt, zeigt die freudlose Grimasse nur seine auffälligen Eckzähne.

„Ah ja, natürlich." Ich gebe ein halbherziges Lachen von mir, um zu zeigen, dass ich weiß, dass es nur ein Witz war.

„Alles zu seiner gegebenen Zeit, Miss Layne. Für den Moment verlangt Data-X Doppelblindversuche bei allen neuen Projekten, um einer Verzerrung der Forschungsergebnisse vorzubeugen."

„Selbstverständlich. Es ist nur, die Werte... sie sind außergewöhnlich." Ich gehe zu meinem Schreibtisch, um es ihm zu zeigen. „Alles war normal, bis ich sie unter einem hohen Spektrum –"

„Einen Augenblick", unterbricht mich mein Boss und winkt jemanden aus dem Flur herein. Ein schlanker, älterer Mann mit einem zerfurchten Gesicht läuft herein. „Don Santiago, ich würde Ihnen gerne unsere neue Angestellte vorstellen, die leitende Wissenschaftlerin des Omega-Projekts. Miss Layne Zhao."

Tatsächlich ist es Doktor Zhao. Ich habe schwer für diesen Doktor geschuftet. Eines schönen Tages werde ich den Mut aufbringen, diesen Widerling mit seinem Kroko-dillächeln zu korrigieren.

Die Augen des Neuankömmlings gleiten an meinem Körper hoch und runter. Entweder verurteilt er mein zerknittertes Auftreten oder er bewundert meine Brüste unter meinem Laborkittel. Ich beschließe, dass es sich um Ersteres handelt, um ihn nicht vorschnell zu verurteilen.

„Freut mich, Sie kennenzulernen." Ich drücke den Rücken durch und wünsche mir, ich hätte gewusst, dass mein Boss mit Gästen vorbeikommen würde. Ich kann mich nicht an das letzte Mal erinnern, dass ich zum Duschen nach Hause gegangen bin. Nicht, dass ich viel Zeit gehabt hätte, aber ich hätte wenigstens einen frischen Laborkittel anziehen und meine Haare bürsten können. Ich kann mich auch nicht daran erinnern, wann ich diese Dinge zuletzt getan habe. Was Don Ekelhaft nicht davon abhält, mich mit den Augen auszuziehen.

„Die Freude ist ganz meinerseits", säuselt der Mann mit starkem Akzent auf Englisch. Sein Blick ruht auf der

3

Kurve meiner Brüste unter dem Laborkittel, während er zu Smyth sagt: „Sie ist eine viel zu hübsche Frau, um sie in diesem Labor einzusperren."

Smyth gluckst und ich packe den Stuhl. Irgendetwas an dem schrillen Laut macht mich nervös.

„Oh, wir werden sie irgendwann rauslassen." An mich gewandt sagt er: „Don Santiago besucht all unsere Labore. Er ist ein Großspender des Programms. Ich hätte gerne, dass Sie ihm Ihre Entdeckungen präsentieren."

„Natürlich." Ich halte inne, als mehrere schwarzbekleidete Männer hereinmarschieren und neben der Tür und an diskreten Orten im Raum Stellung beziehen. Sie tragen alle Automatikwaffen, die sie an ihre Oberkörper geschnallt haben.

„Ich bitte um Verzeihung", sagt Santiago in diesem warmen, kräftigen Ton. „Ich nehme meine Bodyguards überall mit hin, wohin ich auch gehe. In meinem Heimatland ist die Lage weniger sicher."

„Ah, okay. Kein Problem. Die Sicherheitsmaßnahmen sind hier auch ziemlich hoch." Ich lächle schwach. Die Wahrheit ist, dass die Security in diesem Labor irrsinnig ist. Noch ein Grund, warum ich so viele Stunden im Labor arbeite – damit ich nicht jedes Mal diese dämliche Leibesvisitation über mich ergehen lassen muss, wenn ich eine Pause mache oder zum Mittagessen weggehe. Ein paar der Wachen genießen es etwas zu sehr, mich zu durchsuchen.

„Eine notwendige Vorsichtsmaßnahme", sagt Smyth. „Unsere Forschung steht an führender Stelle der DNA-Forschungen. Unsere Konkurrenz würde töten, um unsere Ergebnisse in die Hände zu kriegen." Ich versteife mich abermals bei dem Wort Töten, aber sowohl Smyth als auch

Santiago glucksen. Von sechs bulligen Wachen mit Waffen umringt zu sein, muss mich übermäßig nervös gemacht haben.

Ich räuspere mich. „Wie ich gerade sagte, dies sind die Zellen, die von dem Alphaprojekt extrahiert wurden – sind Sie mit diesem vertraut?"

Smyth und Santiago nicken beide. Sie wissen vermutlich mehr als ich darüber.

„Ich führte mit diesen Zellen Tests durch. Und… sie sind außergewöhnlich. Krankheitsresistent, extrem langlebig und selbstregenerierend." Ich mache eine Pause für das zu erwartende erstaunte Keuchen.

Nichts. Die zwei Männer betrachten mich. Santiago sieht beinahe… gelangweilt aus. Smyth bedeutet mir, fortzufahren.

„Aber es sind normale menschliche Zellen… zumindest dachte ich, dass sie das wären." Ich drehe mich zum Computer, an dem ich die neuesten Tests durchgeführt habe. „Heute platzierte ich sie unter Schwachlicht. Die Zellen… veränderten sich. Zu etwas anderem. Etwas… nicht Menschlichem. Ich war nicht in der Lage, darüber hinaus mehr zu entdecken –"

„Welche Art von Licht löste die Veränderungen aus?"

„Äh." Ich hasse es, wenn ich unterbrochen werde, und Smyth tut das häufig. Aber er ist der Boss und als er mich einstellte, verschaffte er mir Zugang zu einer hochmodernen Einrichtung, um meine Post-Doktoranten-Forschung zu beenden. Und wenn ich meine Ergebnisse erst einmal veröffentliche, wird das all die Gruselfaktoren hier wert sein. Das rede ich mir jedenfalls ständig ein. Nur lächeln und gehorchen. „Es besteht äh…" Ich suche nach einem Begriff, der für Laien verständlich ist. „Hauptsächlich aus Rot und Orange. Ein schwaches Licht. Es ist dazu gedacht, Mondlicht zu simulieren."

Smyth und Santiago wechseln einen Blick.

„Noch etwas?", erkundigt sich Santiago. Ich schüttle den Kopf, obwohl ich weiter davon schwärmen möchte, was für ein fantastischer Durchbruch das ist.

„Gut, gut. Emailen Sie mir jegliche anderen Entdeckungen." Smyth streckt eine Hand aus, um Santiago aus dem Raum zu scheuchen und blendet mich augenblicklich aus.

Ich beiße mir auf die Zunge. Ich bin eine DNA-Forscherin. Ich habe einen Abschluss von zwei der besten Schulen des Landes. Und jetzt habe ich einen Boss, der mich wie eine dumme Laborassistentin behandelt oder noch schlimmer als ein Objekt der Begierde. Und ich werde das hinnehmen, denn wenn diese Alphazellen den Schlüssel dafür liefern, Krankheiten zu heilen, dann ist es das wert, sich etwas unwohl zu fühlen.

Ich seufze und mache mich wieder an die Arbeit.

~.~

EINIGE STUNDEN später flackern die Lichter über mir und ich blinzle. Eine Sekunde lang ist das Labor in Dunkelheit getaucht und das einzige Licht kommt von den Computern. Ich stehe auf, aber die Lichter gehen wieder an, als sei alles normal. Meine Computer laufen alle, aber sie hängen an Reservegeneratoren, damit ich keine Daten verliere, wenn es einen Stromausfall gibt. Trotzdem ist es merkwürdig.

„Security", ruft eine leise Stimme und ich erhebe mich vom Schreibtisch. Ein junger Mann mit stacheligen blonden Haaren hält seine Hände hoch. Er trägt schwarze Jeans und ein schwarzes T-Shirt, das sich an seine muskulöse Brust schmiegt. Er ist kein großer Kerl wie manche der Wachmänner, sondern er besteht aus reiner schlanker Muskelmasse. Etwas an ihm veranlasst meine beinahe ausgestorbene Libido dazu, den Motor aufheulen zu lassen.

„Hey, sorry. Ich wollte dich nicht erschrecken."

„Ist schon in Ordnung. Ähm, muss ich gehen?" Ich sammle einige Papiere zusammen.

„Nein, ich werde nicht lange hier sein. Hast du die Nachtschicht?"

Ich schenke ihm ein Lächeln. Er ist jung für einen Wachmann – in meinem Alter. Tattoos ziehen sich über seine Unterarme und er hat Tunnel in beiden Ohrläppchen. Dennoch sieht er freundlich aus und überhaupt nicht gruselig.

„Ich arbeite nur länger. Fortlaufendes Projekt. Du weißt bestimmt, wie das ist."

„Ich werde schnell machen", sagt er. „Drehe nur meine Runde."

„Alles klar. Sie knausern hier jedenfalls nicht an Security."

Noch ein leises Lachen. Er ist ein kleiner James Dean. Oder Billy Idol. Nicht wie die anderen militärischen

7

Wachen. „Ich verspreche, dass ich dir nicht in die Quere kommen werde." Seine Stimme ist rauchig.

„Dankeschön." Das bringt ihm ein breiteres Lächeln ein. Mein Labor ist mein Königreich und Heiligtum. So viel Zeit wie ich hier verbringe, sollte es eigentlich meine ständige Anschrift sein.

Ich zwicke meinen Nasenrücken, um den Schmerz zwischen meinen Augen zu lindern. Es ist Nacht, was Abendessen bedeutet. Ich habe nicht einmal zu Mittag gegessen.

Ich laufe zu der Ecke, in der ich meine Müsliriegel und Schmerzmittel aufbewahre, wobei ich die Augen der jungen Wache auf mir spüre. Er ist attraktiv, wenn man solchen Dingen Aufmerksamkeit schenkt. Was ich normalerweise nicht tue. Aus irgendeinem Grund kommen meine Hormone, die kaum funktioniert haben, seit ich die Highschool übersprang und direkt zum College ging, auf Touren. Bei dem ersten freundlichen Wachmann in dieser gefängnisähnlichen Arbeitsumgebung. War ja klar. Ich muss definitiv öfter raus.

Ich nutze die Pause, um zum Badezimmer zu gehen, wo ich mir Wasser ins Gesicht spritze. Abgesehen von den dunklen Ringen unter meinen Augen sehe ich nicht allzu schrecklich aus. Meine glatten schwarzen Haare sind zu einem festen Pferdeschwanz gebunden, kein Schnickschnack und Kladderadatsch. Ich habe hohe Wangenknochen und Grübchen wie meine Mutter, sowie mandelförmige Augen, ein Geschenk meines chinesisch-amerikanischen Vaters. Ich schätze, ich bin hübsch. Selbst in einem Laborkittel sind meine Kurven offensichtlich. Nicht so voll wie sie es wären, wenn ich regelmäßig essen würde. Aber unter dem weißen Stoff verbirgt sich der Körper einer Frau. Genug, um widerwärtige Wachmänner zu reizen. Genug, um Santiagos Aufmerksamkeit auf mich zu lenken.

Ich schneide dem Spiegel eine Grimasse. Mir ist egal, dass er ein Spender und Multimillionär ist – und das muss er sein, wenn er ein Projekt wie dieses finanziert. Dieser Typ war gruselig. Ich will nicht, dass er mich anglotzt. Die junge Wache... nun das ist etwas ganz anderes. Gegen eine Leibesvisitation von ihm hätte ich nichts einzuwenden.

Okay, das war ein uncharakteristisch sexueller Gedanke. Was ist nur los mit mir? Ich war in letzter Zeit wirklich zu isoliert.

Als ich zu meinem Platz zurückkehre, flackern die Computerbildschirme. Merkwürdig. Vor einer Minute war noch alles in Ordnung. Aber jetzt flimmert der gesamte Bildschirm.

Was zum Geier? Ich runzle die Stirn und meine Finger fliegen zu der Maus. Meine Forschung befindet sich auf diesem Computer und ich habe keine Zeit für IT Probleme.

Ich schaue hinüber und sehe, dass der junge Wachmann über ein Modem in der Ecke gebeugt ist. „Was machst du da?"

Er richtet sich auf, aber antwortet nicht.

„Die einzige Person, die diese Computer anfassen sollte, bin ich."

Er schiebt die Hände in seine Hosentaschen und aus irgendeinem Grund glaube ich, dass er das tut, um weniger bedrohlich zu wirken.

„Hat Dr. Smyth dich geschickt?"

Die gut aussehende Wache erstarrt. Ist plötzlich alarmiert. „Du kennst Dr. Smyth?"

„Natürlich tue ich das. Er hat mich eingestellt. Er war gerade hier."

„Hier?" Der Mund des Mannes wird schmal, seine blauen Augen sprühen Funken. „Hast du ihn gesehen?"

„Ja. Warum?" Der Computer neben mir piept, woraufhin ich mich umdrehe. „Was hast du gemacht?" Zahlen huschen über den Bildschirm, eine Art Code, den ich nicht kenne. „Diese Maschinen werden nur dazu genutzt, meine Testergebnisse tabellarisch darzustellen." Ich drücke auf die Tastatur und nichts passiert. „Hast du das getan? Mach, dass es aufhört!"

Als ich mich umdrehe, richtet er eine Pistole auf mich. Eine große Handfeuerwaffe mit einem extra Lauf oben drauf. „Halte dich von dem Computer fern", sagt er. „Ich will dir nicht wehtun."

Mein Herz springt mir in die Kehle. Ich hebe meine Hände und weiche zurück. Fort ist die lässige, harmlose Haltung. Sie wurde von einem harten Soldaten ersetzt.

Wer zum Geier ist dieser Kerl und was will er? Plötzlich wirkt die Security in diesem Gebäude doch nicht mehr so übertrieben. Vielleicht gibt es wirklich Leute, die die Forschungsergebnisse stehlen wollen. Wenn ich in den Flur gelangen kann, kann ich einen Alarm auslösen. Mein Blick muss kurz in diese Richtung geschnellt sein, denn er schüttelt den Kopf.

„Denk nicht einmal daran."

Mein Blut wird heiß, dann kalt. „Was wirst du tun?"

„Was ich tun muss. Nicht mehr, nicht weniger. Tu, was ich sage, und du hast nichts zu befürchten", sagt der Mann, der die Pistole in der Hand hält. Ich bleibe reglos stehen und gehe im Kopf alles an diesem Ort durch, das ich als Waffe benutzen könnte. Es gibt einige Reagenzgläschen mit ansteckenden Krankheiten in einem Kühlraum, aber wenn ich sie auf ihn werfe, bringe ich mich selbst in Gefahr. Die Pistole nach wie vor auf mich gerichtet, geht der Eindringling zu dem Computer und wartet.

„Noch ein paar Minuten und dann bin ich wieder weg. Dieses Labor ist allerdings mit Bomben bestückt worden. Also solltest du einen schnellen Abgang hinlegen."

Eis durchströmt meine Adern. „Was? Nein", keuche ich. „Du bluffst."

„Ich bluffe nicht."

Ich packe die Rücklehne des Stuhls, um auf den Beinen zu bleiben, da mir wegen der Flutwelle, die in meinem Bauch anschwillt, ganz schwindlig wird. „Warum tust du das? Diese Forschung könnte Leben retten." Mein Kopf dreht sich und überlegt sich, wie ich meine Ergebnisse aus diesem Raum schaffen kann, bevor er in die Luft fliegt.

„Haben sie dir das erzählt, damit du hier arbeitest?" Er hat eine unheimliche Ruhe an sich. Eine ruhige Intelligenz, die mich daran hindert, ihn als Irren abzustempeln.

Wie hatte ich ihn nur für einen Wachmann halten können? Als er seine Augen auf mich richtet, sehe ich, dass ich mich geirrt habe – sie sind nicht blau. Sie leuchten in einer komisch gelben Farbe. Oder vielleicht ist das auch nur eine Lichtspiegelung.

„Sie haben gelogen."

„Nein, es ist die Wahrheit. Ich sollte es wissen. Ich arbeite an diesem Projekt bereits mein halbes Leben. Und ich stehe so kurz vor einem Durchbruch." Ich kann mich einfach nicht davon abhalten, mich zum Drucker umzudrehen und mir die Stapel ausgedruckter Werte zu schnappen. „Bitte, meine Entdeckungen werden den Menschen so viel bedeuten. Menschen ohne Hoffnung –" Mir stockt der Atem und ein Schluchzen entweicht mir. Ich trage das Herz normalerweise nicht auf der Zunge. Ich vermute mal, dass mein Leben bedroht wird, bringt das in mir hervor.

Er macht einen langsamen Schritt nach vorne und mustert mein Gesicht einen Augenblick. „Was hast du herausgefunden?"

„Die Zellen, mit denen ich arbeite – sie sind krankheitsresistent. Nicht nur das, sie regenerieren sich auch. Ich bin fast damit fertig, ihre DNA-Sequenz zu extrahieren. Wenn ich das getan habe, werde ich sie replizieren können."

Etwas flackert auf seinem Gesicht auf, aber ich kann es nicht richtig entziffern. „Und dann was?"

„Dann… werde ich es benutzen, um den Menschen zu helfen. Menschen, die krank sind. Menschen, die kräftezehrende, lebensbedrohliche Krankheiten und keine anderen Optionen haben. Das hier kann so vielen helfen." Ich stoppe, als die Lichter erneut flackern.

Sie gehen wieder an und halten inne, als würden sie die Luft anhalten. Dann gehen sie ganz aus und wir sind in Dunkelheit gehüllt. Ich kann nur wegen des grünen Leuchtens des Ausgangsschildes über der Tür etwas sehen. Die junge Wache hat sich nicht bewegt und mir wird klar – das hier ist Teil seines Plans. Sein hübsches Gesicht wirkt in dem schwachen Licht der Computerbildschirme fast erschöpft.

„Es tut mir leid", sagt er.

Etwas in mir löst eine Kurzschlussreaktion aus. Ich renne zur Tür. Er ist wie der Blitz bei mir und seine Arme legen sich von hinten um mich. Ich öffne den Mund, um zu schreien, und er presst eine Hand auf meinen Mund. Da fällt mir auf, dass er die Pistole nicht benutzt hat. Warum nicht?

„Beruhig dich." Er trägt mich rückwärts. Ich bin kleiner als er und er ist außergewöhnlich stark. „Ich will dir nicht wehtun. Ich will nur mehr über Dr. Smyth wissen. Wo ist er jetzt. In diesem Gebäude?" Er riecht nach Kiefern und warmer Erde. Vielleicht ist es ein Zeichen dafür, dass ich zu lange allein hier drin eingesperrt war, aber seine Arme fühlen sich schön um mich an – als würde er mich umarmen und nicht festhalten. Und ich bin nicht so sehr in Panik, wie ich das vermutlich sein sollte. Trotzdem kann ich nicht zulassen, dass er meine Forschung ruiniert. Er nimmt seine Finger langsam von meinem Mund.

„Ich weiß nichts. Bitte. Ich wurde erst vor ein paar Monaten eingestellt!"

„Aber du meintest, du hättest ihn heute gesehen?"

Ich nicke.

„War noch jemand bei ihm?"

„Ein alter Mann – ein Spender. Don Santiago. Er hatte eine Menge Bodyguards", füge ich hinzu. „An die zehn. Männer mit Pistolen. Miliz." Ich weiß nicht, ob ich ihm diesen Teil erzähle, um ihm Angst einzujagen, oder weil ich es einfach jemandem erzählen muss, da ich es so bizarr fand.

Der junge Mann dreht mich so, dass ich ihm zugewandt bin. Er hält beide Unterarme in einem festen, aber nicht quetschenden Griff. Etwas an seiner Nähe erweckt meinen Körper zum Leben. Meine Brustwarzen kribbeln und fühlen sich heiß an und Hitze sammelt sich zwischen meinen Beinen. Aber es ist verrückt, sich zu einem Kriminellen hingezogen zu fühlen.

„Sind sie *in dem Gebäude*?"

Ich schüttle den Kopf. „Nein, ich glaube, sie sind gegangen."

„Wohin sind sie gegangen? Hat Smyth hier ein Büro?"

„Bitte…"

„Antworte mir!", blafft er.

„Nein! Ich weiß nicht, wo er arbeitet. Wir unterhalten uns normalerweise übers Telefon oder per Video." Ich spähe in der Dunkelheit zu ihm hoch. Seine Augen wirken in seinem jugendlichen Gesicht uralt. Er hat ein hartes Leben geführt, wer auch immer er ist.

„Wie heißt du?"

„Dr. Zhao. Layne." Ich ergänze meinen Vornamen in der Hoffnung, dass er mich als Person und nicht irgendeine gesichtslose Laborratte sehen wird. Ich lecke mir über die Lippen. Kurz fällt sein Blick auf sie. Unentschlossenheit huscht über sein Gesicht.

„In Ordnung, Layne." Er dreht mich so, dass er meine beiden Handgelenke hinter meinem Rücken fixieren kann. „Du kommst mit mir."

~.~

Sam

Laynes verängstigte Atmung verfolgt mich, während ich sie vor mir herschiebe und mit einer Hand ihre Handgelenke fixiere. Nachdem sie mir die Stirn bot, um eine leidenschaftliche Rede zu halten, erwartete ich halb, dass sie versuchen würde, die Flucht zu ergreifen. Aber sie hält den Kopf gesenkt und tut, was ich befehle. Vielleicht befindet sie sich im Schockzustand. Oder schindet Zeit. Sie ist eindeutig klug.

Dr. Layne Zhao. *Layne*. Ihr Name summt wie eine Melodie durch meinen Kopf. Sie riecht süß, nach Jasmin. Anscheinend ist es zu lange her, seit ich mit einer Frau zusammen war, denn mein Wolf drehte durch, als ich sie packte, und flutete meinen Verstand mit Bildern davon, wie ich sie auf Hände und Knie ziehe und sie hart von hinten nehme.

Meine Fresse. Ich verliere die Kontrolle. Ich kann nicht zulassen, dass mich der Mondwahnsinn wieder überkommt. *Ich kann nicht.* Wenn ich dieser Operation ein Ende setzen will, muss ich mir meine Menschlichkeit bewahren. Ich kann nicht zulassen, dass die Dunkelheit die Kontrolle übernimmt.

Ich scheuche sie durch den Gang, wische mit ihrem Ausweis über das Kontrollkästchen und benutze es, um die Tür zu öffnen. Sie neigt ihr Gesicht zu der Kamera darüber und formt mit dem Mund das Wort *Hilfe*.

Zu blöd für sie, dass ein simpler Eingriff in das Sicherheitssystem dafür sorgt, dass die gleiche Aufnahme in Dauerschleife abgespielt wird. Außerdem habe ich die zwei Kerle, die den Eingang im Blick behalten, bereits betäubt. Die Sicherheitsmaßnahmen hier sind hoch, aber kein System ist undurchdringlich. Es wird schwierig werden, mit einer Geisel rauszukommen, aber so weit so gut.

Geiseln sind eigentlich nicht mein Stil, aber falls sie die Wahrheit über Smyth und Santiago sagt, ist sie meine engste Verbindung zu ihnen. Das und die Festplatte, die ein Loch in meine Tasche brennt.

Dass ich sie mitnehme, hat nichts damit zu tun, dass mich mein Wolf anheult, dass ich sie beschützen muss. Dass er Angst hat, dass sie nicht rauskommen wird, bevor meine Bomben den Laden in Schutt und Asche legen.

Die Lichter gehen flackernd an und Leben kommt in meine Geisel. Sie verdreht ihren Körper in dem Versuch, sich aus meinem Griff zu befreien.

Ich fluche, weil ich ihr keine Blutergüsse zufügen möchte. Sie rammt ihren Kopf nach hinten und erwischt meine Nase mit ihrem Hinterkopf in einer Aktion, die sowohl überraschend als auch sexy ist.

Meine Nase knackt und mein Griff lockert sich. Sie windet sich aus meiner Umklammerung und rast durch den Korridor.

Mein Wolf hält das für ein gottverdammtes Spiel und ehe ich meine Reaktion zügeln kann, stürzt er sich auf sie. Ich werfe sie zu Boden und wir laden in einem schlitternden Wirrwarr. Ihr leises Uff lässt meinen Schwanz an der weichen Kurve ihres Hinterns hart werden. Ein Bluttropfen fällt auf ihren Hals und ich muss mir die Entschuldigung verkneifen, die mir auf der Zunge liegt.

Sie ist diejenige, die meine Nase gebrochen hat, beim Mond nochmal.

Ich rolle mich von ihr, da ich größere Angst davor habe, die Beherrschung zu verlieren, als davor, dass sie mir entkommt. Ich kann sie jederzeit wieder einfangen. Dank meiner Heilfähigkeiten als Gestaltwandler hat meine Nase bereits zu bluten aufgehört und die Knochen finden ihren Weg zurück an Ort und Stelle. Ich bin jedes verdammte Mal dankbar für das Wunder der Heilung, nur weil ich mich allzu gut daran erinnere, wie es ist, so schwach zu sein, dass sich die eigenen Wunden nicht heilen.

Layne springt auf Hände und Knie.

Ich packe ihren Fußknöchel und ziehe sie zurück. Sie überrascht mich erneut, indem sie sich herumdreht und ihren Körper auf meinen wirft, als wolle sie mich auf den Rücken tackeln. Natürlich falle ich wegen meiner Gestaltwandlerstärke nicht um, weshalb sie rittlings auf meinem Schoß landet, die Arme um meinen Hals geschlungen.

Nun, halloooo Layne, schnurrt mein Wolf. Mein Ständer presst sich an die Hitze ihres Schritts. Ich spüre ihre Hand in meiner Tasche, wo sie nach der Festplatte greift.

Kluge Frau.

Ich fange ihr Handgelenk ein, um ihre Hand aufzuhalten, und schlinge einen Arm um ihre Taille. Ich habe nicht vor, ihre Hüften dichter an meine zu ziehen, aber es passiert. Okay, vielleicht hatte ich es vor.

Denn ich verliere den Kampf mit meinem Wolf.

Beim Schicksal, ich wünschte, sie würde nicht so verdammt attraktiv aussehen. Ihre hohen Wangen sind gerötet und fuck, sind das Sommersprossen, die auf ihrer Nase verstreut sind?

Mein Wolf japst und bringt seine Nase direkt an ihren Hals. Ich muss jedes Fünkchen Willenskraft aufbringen, damit ich nicht meine Zunge ausstrecke und ihre Haut koste.

„Layne, ich würde ja liebend gerne noch etwas mehr den horizontalen Mambo mit dir genießen, aber wir haben keine Zeit. Wir müssen aus diesem Gebäude raus, bevor es in die Luft fliegt."

Tränen schießen ihr in die Augen und das stellt etwas Fürchterliches mit meinem Inneren an.

Mein Wolf weicht zurück, die Aggression ist gedämpft.

„Aber meine Forschung." Sie klingt völlig am Boden zerstört.

Im Ernst?

Wow. Dieser Frau ist ihre Forschung wichtiger als ihr eigenes Leben. Das ist… *faszinierend.*

„Wenn du deine Forschung retten willst, wirst du dich an mich halten müssen, was?" Ich winke mit der Festplatte vor ihrem Gesicht herum. Das ist gemein von mir, da ich keinerlei Absichten hege, ihr ihre Forschung zurückzugeben, aber ich muss sie aus diesem Gebäude schaffen, bevor es explodiert. Ich hebe sie von meinem Schoß und beeile mich, auf die Füße zu kommen, ehe ich sie weiter durch den Korridor schleife.

Sie scheint mit meiner Logik übereinzustimmen, denn dieses Mal eilt sie neben mir her. „Wohin gehen wir?"

„Hier raus. Ich versuche, dich zu beschützen, Doc."

„Vor wem beschützen? Du bist derjenige mit der Pistole und den Bomben."

Ich entscheide mich dafür, nicht zu antworten. Wir haben jetzt wirklich keine Zeit dafür, dass ich ihr erkläre, dass sie sich auf der falschen Seite der Forschungsethik befindet. Ich glaube, dass sie keinen blassen Schimmer hat, was in diesen Laboren wirklich vor sich geht.

„Wer bist du? Warum machst du das?"

Aus einer Menge Gründen, Süße. Gerechtigkeit. Rettung. Rache.

„Diese Männer, für die du arbeitest? Sie sind die Bösen."

Ihre Stirn legt sich bei meiner Kurzzusammenfassung in Falten.

„Ich bin ein ehrenhafter Mann", informiere ich sie. Wäre sie eine Gestaltwandlerin, würde sie an meinem Geruch erkennen, dass ich nicht lüge. Sie späht zu mir hoch, während ich sie durch einen weiteren Gang scheuche. Manche Menschen vertrauen ihren Instinkten, wenn sie einen Charakter einschätzen. Ich hoffe, Dr. Zhao ist einer von ihnen.

Natürlich ist es auch möglich, dass sie diese Instinkte zusammen mit einer Neigung, sich verwandeln zu können, besitzt. So wie ich Smyth kenne, wählte er sie aus genau diesem Grund als Angestellte. *Spare in der Zeit, so hast du in der Not.* Klassischer Smyth.

„Ich schlage dir einen Deal vor. Du hilfst mir, deinen Boss zu finden, dann werde ich dieses Labor nicht in die Luft jagen."

„Ich habe dir doch gesagt, dass er nicht mehr hier ist. Er ist nach unserem Meeting gegangen."

„Ich meine, verrate mir sämtliche Informationen, die du hast, um mir dabei zu helfen, ihn zu finden."

RENEE ROSE & LEE SAVINO

Ihre Augen werden schmal. Ich kann praktisch hören, wie sich die Rädchen in ihrem Gehirn drehen, während sie ihre Optionen analysiert. Ein scharfes Einatmen und sie nickt.

Ich bin überrascht, wie erleichtert ich bin, dass ich ihre Zustimmung habe. Wie sehr ich will, dass sie mir vertraut. Nicht, dass es eine Rolle spielt, solange sie tut, was ich sage. Aber mein Wolf hasst es, wenn ich sie bedrohe.

„Deal?"

„Deal", stimmt sie zu und ich stecke die Betäubungspistole hinten in den Hosenbund meiner Jeans. Ich stoppe, um die Bomben zu deaktivieren, die ich zuvor installiert habe, und nehme sie mit mir. Ich behalte mir das Recht vor, später zurückzukommen und diesen Laden in die Luft zu jagen, nachdem sie mir alles erzählt hat, das sie weiß.

Natürlich nicht, während sie in dem Labor ist.

„Komm schon."

Beim Security Checkpoint bleibt Dr. Zhao beim Anblick der zwei Menschenwachen, die ich bewusstlos zurückgelassen habe, abrupt stehen.

„Lauf weiter", knurre ich. Ich würde niemals einer Frau wehtun, aber sie muss das nicht wissen. Mit der Hand auf ihrem Rücken schiebe ich sie an den schlaffen Körpern vorbei. Meine Finger ballen sich wegen ihres besorgten Gesichtsausdrucks zu Fäusten. Sie verdienen ihr Mitleid nicht.

„Wenn du wüsstest, was für Männer sie sind, hättest du kein Mitleid mit ihnen", fauche ich. Ich klinge mürrisch, als müsste ich etwas beweisen, was dämlich ist. Ich muss meinen Standpunkt nicht verteidigen, ich muss mich nur von ihr zu Smyths Aufenthaltsort bringen lassen.

Sie beißt auf ihre Lippe, während ich erneut ihren Ausweis benutze. Ich habe mich hier reingeschlichen, aber wir werden einfach rausspazieren. Ich habe einem der ausgeknockten Wachmänner den Ausweis gestohlen, sodass es aussehen wird, als würde ich Dr. Zhao nur zu ihrem Auto bringen.

Als sie den Körpern einen weiteren besorgten Blick zuwirft, nehme ich sie am Arm. „Komm schon. Wir verschwenden hier nur unsere Zeit." Ich ziehe sie dicht zu mir. „Verhalt dich cool und du wirst das hier unbeschadet überstehen. Ich verspreche es."

Wir laufen zügig nach draußen. „Welches Auto gehört dir?"

Sie deutet auf einen blauen Kleinwagen und ich führe sie dorthin. Natürlich fährt sie einen Hybridwagen – einen von denen, die sich damit rühmen, besser für die Umwelt zu sein. Ich habe ihr vorhin zusammen mit ihrem Ausweis ihre Schlüssel abgenommen. Als wir uns dem Wagen nähern, entsperre ich die Verriegelung.

Das ist der Moment, in dem wir auf Schwierigkeiten treffen.

„Hey", ruft jemand vom Wachturm herunter. „Hast du von Matthias gehört?"

Ich schüttle den Kopf und führe Layne zur Fahrerseite.

„Du musst für mich reingehen und nachschauen. Hab seit einer Weile nichts von ihm gehört." Er versucht es noch mal mit seinem Walkie-Talkie.

„Verstanden." Ich ziehe meinen Kopf ein, während ich die Tür für Dr. Zhao öffne und ihr bedeute, einzusteigen. Der Großteil der Wachmänner sind Menschen, aber einige sind Gestaltwandler-Söldner. Hauptsächlich Wölfe.

Das ist wieder mein Glück, dass ausgerechnet heute einer von ihnen Dienst hat.

„Hey, ist das Dr. Zhao?", ruft er. „Sie sagen, dass sie nicht gehen darf. Irgendetwas wegen eines illegalen Datendownloads in ihrem Labor."

Ich blicke zu ihm, um ihm zu zeigen, dass ich zuhöre, wobei ich mich darum bemühe, mich natürlich zu verhalten. Der Wind nimmt zu. Ich sehe, dass sich seine Augen in dem Moment weiten, als er meinen Geruch aufschnappt.

„Bleib sofort stehen." Er schwingt sein Maschinengewehr von seiner Schulter, gerade als sich Dr. Zhao von meiner Seite löst.

„Hilfe", schreit sie und rennt zu ihm.

Natürlich zielt dieses Arschloch auf sie.

„Nein", brülle ich und legte einen Sprint hin, um sie zu erreichen, bevor die Wache schießt. Ich krache in sie und stoße sie zur Seite, als das Gewehr über unseren Köpfen knallt. Ich ziehe meine eigene Betäubungspistole und feuere. Das Ziel fällt und ich verschwende keine Zeit damit, meine Geisel vom Boden zu stemmen und sie ins Auto zu schubsen. Schreie aus allen Richtungen verraten mir, dass sich die anderen Wachen bereit machen, uns aufzuhalten.

Während ich den zerbrechlichen Menschenkörper der Ärztin mit meinem verdecke, stoße ich sie auf den Beifahrersitz und springe neben ihr in den Wagen.

„Schnall dich an", befehle ich und fahre rückwärts, sowie das Auto an ist. Ich bleibe im Rückwärtsgang und sorge dafür, dass ich zwischen meinem Passagier und dem Wachturm bleibe. Ein Hagel aus Schüssen regnet auf uns nieder, als wir vorbeifahren. Kugeln schlagen in das Auto ein, aber es fährt weiter.

„Er hat auf mich geschossen", kreischt Dr. Zhao.

„Ach echt, Süße." Ich schwenke das Auto herum und fahre zum Tor. Ich habe noch nie zuvor ein kraftstoffsparsames Auto für eine Flucht benutzt. Es gibt für alles ein erstes Mal.

„Warum hat er das getan?"

„Sie dachten, du würdest ihre Forschung stehlen."

„Warum sollte ich meine eigene Forschung stehlen? Ich bin eine Angestellte –" Sie stößt einen Schrei aus, als eine Wache vor uns springt. Ich lenke zur Seite, um ihm auszuweichen, und trete das Gaspedal durch.

Weitere Schüsse und ich steuere mit einer Hand, um mit der anderen Dr. Zhaos Kopf zwischen ihre Knie zu drücken.

„Bleib unten", befehle ich. Die Tore sind geschlossen. Zeit, dass dieses kraftstoffsparsame Auto zu einem Rammbock wird.

Schreie erklingen über uns und Maschinengewehre feuern auf uns, als ich Vollgas gebe. Das Auto schießt nach vorne und rast durch den Zaun.

Die Ärztin kreischt.

„Bleib unten", schreie ich. Hinter uns eilen Wachen durch das kaputte Tor, nach wie vor schießend. Einige rennen zu ihren Wägen. Wir sind noch nicht in Sicherheit, bei Weitem nicht.

„Oh Gott, oh Gott", skandiert die junge Wissenschaftlerin.

„Bist du okay? Bist du verletzt?"

Sie richtet ungläubige Augen auf mich.

23

KAPITEL ZWEI

*L*ayne

ICH SINGE IN DER DUSCHE. Wenn ich arbeite, rede ich mit mir selbst. Manchmal vergesse ich, mich zu waschen. Das macht mich zu einem komischen Menschen.

Der Kerl neben mir, der mit meinem Auto durch ein Sicherheitstor und einen Kugelhagel rast, ist vollkommen plemplem mit einem extra Schuss *Fuck*.

„Bist du okay?", fragt er erneut.

„Sie haben auf uns geschossen." Ich kann es noch immer nicht fassen. Ich dachte, die Wache würde mir helfen. Er zuckte nicht einmal mit der Wimper, während er das Gewehr auf mein Gesicht richtete. Ich schätze, er dachte, ich würde mit dem Irren gemeinsame Sache machen.

Mein Kidnapper blickt grimmig drein. „Yeah."

Ich schlinge die Arme um mich. „Warum haben sie das getan? Ich arbeite dort."

Das Kiefer des Mannes verspannt sich, während er über die Straße saust. Er nimmt in halsbrecherischem Tempo einige Kurven und flucht, als das Auto wackelt. „Verdammt."

„Was?"

„Sie haben die Reifen erwischt."

Ich wimmere. Mein armer Prius.

„Das Auto ist das kleineste unserer Probleme. Ich werde es ersetzen", sagt er.

Ich protestiere nicht. Vielleicht weiß der Irre ja genau, wie man einen Versicherungsanspruch einreicht. Wer weiß das schon?

„Bleib ruhig. Ich werde dich hier rausholen", verspricht er, als wäre nicht er derjenige, der mich erst in diesen Schlamassel geritten hat. „Das Wichtigste ist jetzt, dass wir nicht getötet werden."

Untertreibung des Jahres.

Aber so wie ich das sehe, ist er der Grund, weswegen auf uns geschossen wird. Also wäre es der helle Wahnsinn, beim ihm zu bleiben. Ich muss hier weg und Dr. Smyth anrufen und ihm erklären, dass ich kein Teil dieses Datendiebstahls bin.

Aber zuerst muss ich meine Daten von dem Irren zurückkriegen.

Wild hin und her schlingernd, fährt er auf den Parkplatz eines Fast Food Ladens und parkt hinter einem Müllcontainer.

Als ich mich endlich zurechtgefunden habe, reißt er

bereits meine Tür auf, schnallt mich ab und zieht mich raus. „Komm."

„Wohin gehen wir?", frage ich automatisch und stolpere, als er mich zu einem unbemalten Van schiebt. Die Sorte, die hinten keine Fenster hat.

„An einen sicheren Ort."

Scheiße. Ich hätte mich im Labor heftiger wehren sollen. Jetzt werde ich als Gefangene in seinem Fluchtwagen landen. Vielleicht ist er ein verrückter Wissenschaftler, der seine eigenen Experimente durchführt. Hoffentlich nicht an mir.

Die Forschung. Mein Lebenswerk. Das Heilmittel. Das ist das Einzige, das zählt.

Trotzdem kann ich einfach nicht anders, als zu fragen: „Kannst du mich nicht einfach hierlassen?"

„Nein." Er hält meinen Ellbogen fest und führt mich zur Tür des Vans. „Du hast diese Gangster gesehen. Sie sind hinter uns beiden her."

Richtig. Oder er will nur, dass ich das glaube, damit ich nicht weglaufe.

„Willst du am Leben bleiben? Dann schnall dich an. Ich werde uns hier wegbringen."

Auf meiner Lippe kauend, tue ich wie geheißen. Bis ich meine Gelegenheit sehe, von ihm zu fliehen.

Er fährt wie ein Geistesgestörter, nimmt abrupt Abzweigungen und hält sich von den Hauptstraßen fern. Ich umklammere die Sitzkante.

Er könnte mich irgendwo hinfahren, um mich zu töten. Oder er könnte die Wahrheit sagen.

Ich habe keinen Grund, ihm zu vertrauen. Aber

nachdem ich heute Smyth und Santiago mit all ihren Bodyguards im Labor hatte, nach all den Schüssen, die ich heute
erlebte, muss ich zugeben, dass bei Data-X nicht alles so
ist, wie es den Anschein macht. Welchen Grund könnten
sie haben, unsere Forschungseinrichtung wie einen Militär-
stützpunkt in einem Kriegsgebiet zu behandeln?

„Was meinst du mit, *alles, das sie getan haben?*", frage
ich schließlich.

„Erinnerst du dich an diese Zellen, von denen du mir
erzählt hast?"

„Ja…"

„Haben sie dir je von der Quelle der Zellen erzählt?"

Mein Magen verkrampft sich, während ich mich für
seine Enthüllung wappne. Er wird etwas Verrücktes sagen,
wie Aliens. Oder Supermenschen.

Er streckt seinen rechten Unterarm zu mir aus, um mir
seine Tattoos zu zeigen. Nein – ich schaue genauer hin.
Die Tattoos sind dazu da, Narben zu verdecken.
Einstichnarben um Einstichnarben wie bei einem Junkie –
und auch Brandnarben.

Ich hole scharf Luft. Was zeigt er mir da? Ich streiche
mit den Fingern über die Male und er zieht den Arm weg,
als hätte ich ihn verbrannt. „Willst du mir etwa sagen, dass
du die Quelle der Zellen bist? Und es war nicht
freiwillig?"

Sein Kiefer zuckt, sein Mund bildet einen grimmigen
Strich. „Ich sage, dass du keine Ahnung hast, was dort vor
sich geht."

Zorn lodert in mir auf. „Nun, warum erklärst du es mir
dann nicht?", gifte ich.

Sein Blick schwenkt von der Straße zu mir, abschätzend und kühl.

Als er nicht antwortet, wage ich es, schnappe die Pistole, die er zwischen uns auf die Konsole gelegt hat, und richte sie auf ihn. Ich lege jedes bisschen Stahl, das ich aufbringen kann, in meine Stimme. „Fahr rechts ran."

Verärgerung huscht über sein Gesicht und seine Hand schnellt zur Seite.

Ich habe es nicht vor – aber ich habe keine Zeit zum Denken. Ich drücke einfach den Abzug durch. Ich schreie über meinen eigenen Fehler, womit ich sogar das Geräusch des Schusses übertöne.

Nein, warte. Es gab keinen ohrenbetäubenden Knall.

Es ist eine Betäubungspistole. Der Pfeil triff meinen Entführer an der Stelle, wo der Arm in die Brust übergeht.

„Fuck, Layne", flucht er, lenkt den Van scharf an den Straßenrand und legt den Parken-Gang ein. Zuerst glaube ich, dass er das tut, weil er aussteigen und mich umbringen wird, doch dann bricht er bewusstlos über dem Lenkrad zusammen.

Ich danke Gott, dass er die Voraussicht besaß, an den Seitenstreifen zu fahren, damit wir nicht beide sterben. Als ich zur Seite greife und den Motor ausschalte, wird mir bewusst, dass er klug ist. Und kompetent. Und so verdammt sexy. Und warum zur Hölle bewundere ich einen verrückten Mann, der mich gerade entführt und meine Arbeit gestohlen hat?

Ich schiebe meine Hand in seine Jeanstasche und zerre die Festplatte heraus. Im Handschuhfach finde ich ein Handy. Ich schnappe es mir und die Festplatte und springe aus dem

Fahrzeug. Ich habe keine Ahnung, wo wir sind, abgesehen von mitten im Nirgendwo in Kalifornien. Data-X' Labor liegt in der Nähe von Alpine, Kalifornien, in den Cuyamaca Mountains des San Diego Countys. Der Van ist auf einem einspurigen Highway noch höher in die Berge gefahren.

Ich laufe eine halbe Meile in der Dunkelheit und stoppe außer Atem. Ich muss wirklich mehr trainieren.

Das ist dämlich. Ich nehme den Van. Er kann laufen.

Ich laufe zurück zum Van und öffne die Fahrertür. Ich schätze, ich hoffte, dass mein Kidnapper einfach aus dem Van kippen würde, damit ich einsteigen könnte, aber das Glück habe ich nicht. Ich löse seine Arme vom Lenkrad und ziehe fest.

Er bewegt sich nicht einen Millimeter und seine Arme wiegen jeweils ungefähr eine halbe Tonne. Ich stoppe, um meine Kraft zu sammeln, und stelle fest, dass meine Augen wieder von seinen Narben angezogen werden.

Hat er mir die Wahrheit erzählt? Dass er diese Narben als Testobjekt für Data-X erhalten hat? Ich finde es schwer zu glauben, aber nachdem ich heute die Maschinengewehre gesehen habe, ergeben die Dinge einfach keinen Sinn mehr. Ich werde Smyth danach fragen müssen, wenn ich ihn anrufe.

Aber zuerst muss ich von diesem Irren weg.

Ich stelle meinen Fuß auf das Trittbrett und ziehe mit aller Kraft. Er taumelt aus dem Van und auf mich, womit er mich mit seinem toten Gewicht umwirft.

Ich kichere hysterisch. Das ist das zweite Mal heute, dass ich mich unter seiner Masse solider, sehniger Muskeln widerfinde und das stellt witzige Dinge mit meiner Libido an. Ich winde mich unter ihm hervor und klettere hoch in den Van.

Nach einer quälend langsamen Wendung in drei Zügen rase ich mit dem Van den Berg hinab, wobei ich die Auskunft anrufe, um die Rufnummer für Data-X zu erhalten, weil ich sie nicht auswendig weiß.

~.~

Sam

FUUUUUUUUUCK.

Ich wache mit dem Kopfschmerz des Jahrhunderts auf. Ich liege mit dem Gesicht nach unten im Dreck und –

Layne!

Ich krabble auf die Füße. Wie lange war ich bewusstlos? Vermutlich mindestens fünfundvierzig Minuten basierend auf der Dosis, die ich in diese Betäubungspfeile gepackt hatte. Sie sind dazu gedacht, einen Gestaltwandler bis zu einer Stunde auszuschalten, einen Menschen für sechs Stunden.

Von dem Van ist weit und breit keine Spur zu sehen, aber nach den Reifenspuren zu urteilen, ist sie den Weg zurückgefahren, den wir gekommen sind.

Meine Hände fliegen zu meinen Hosentaschen. Jepp, sie hat die Festplatte mitgenommen.

Ich reiße mir das Shirt über den Kopf und meine Jeans

31

samt Boxerbriefs nach unten, ehe ich sie zu einem Bündel zusammenrolle, das ich in meinem Mund tragen kann, wenn ich mich verwandelt habe. Mein Wolf schießt an die Oberfläche und ich erlebe einen Anflug von Panik, als er die Kontrolle übernimmt.

Es war hier draußen in diesen Bergen, wo ich beinahe meine Menschlichkeit für immer verloren hätte. Wäre Jackson nicht gewesen, wäre ich jetzt nicht mehr als ein extrem gefährliches Tier.

Aber mein Wolf denkt gerade nicht daran, wild über die Berge zu rennen. Er folgt Layne. Die Festplatte ist ihm auch scheißegal.

Ich unterwerfe mich meinem Tier und springe den Berg hinab, wobei ich mich durchs Unterholz schlage, aber die Straße im Blick behalte. Ich weiß ehrlich gesagt nicht, wie ich Layne aufspüren soll. Ich habe ihre Fährte nicht, aber irgendetwas treibt mich vorwärts, das Bild von ihr in meinem Kopf, die Erinnerung an ihre intelligenten grünen Augen, solch eine überraschende Kombination mit ihren glänzenden schwarzen Haaren.

Ich finde den Van unten in Alpine, hinten auf einem Diner-Parkplatz geparkt. Ich lasse das Kleiderbündel beim Van zurück und krieche mich in den Büschen nach vorne, denn meine Instinkte spielen verrückt. Ich kann nicht rauskriegen warum, bis ich ein Auto vor das Diner fahren und mit quietschenden Reifen halten sehe. Schwarz, nicht gekennzeichnet – die Sorte Wagen, den die Data-X Security fahren würde. Layne schießt aus dem Restaurant, als wären die menschlichen Arschlöcher, die aussteigen, ihre verdammte Rettung.

Und natürlich packt einer der Typen sie und drückt ihre eine Knarre an die Schläfe. „Wo sind die Daten?"

Ihr ersticktes Keuchen zerrt an all meinen Nerven.

In Menschengestalt hätte ich vielleicht mehr Vorsicht besessen, doch mein Wolf dreht durch. Ich schnelle knurrend nach vorne und springe direkt auf das Autodach. Die Überraschung wirkt sich vorteilhaft für mich aus und Arschloch #1 nimmt die Pistole von Laynes Kopf. Ich nutze die Gelegenheit und werfe mich auf ihn, womit ich ihn auf den Boden stoße. Die Pistole fällt klappernd zu Boden.

Meine Zähne sinken in sein Fleisch. Nicht in seine Kehle, leider, nur in seinen Oberarm.

Ein Schuss erklingt und etwas brennt in meinem Schulterblatt. Layne krabbelt zu der Pistole auf dem Asphalt. Ich wirble herum und stürze mich auf Arschloch #2, das mir gerade eine Kugel in den Körper gejagt hat, bevor er sie erschießen kann.

Das verschafft ihr die Zeit, die sie braucht, um um die Ecke zu verschwinden. Ich höre, wie ihre Füße zum Van trappeln.

Ich kassiere einen weiteren Treffer, dieses Mal in die Schulter, bevor ich Arschloch #2 entwaffne. Gaffer aus dem Diner kommen zur Tür und Arschloch #1 kommt taumelnd auf die Füße, sodass ich um die andere Seite des Gebäudes flitze, um Layne einzuholen.

Sie öffnet gerade die Vantür, als ich mich hinter ihr in den Wagen dränge und versuche, einzusteigen. Sie kreischt und zieht die Tür gegen meinen Körper zu. Sie prallt von mir ab und Layne tritt mich. Ich verwandle mich und schiebe sie den Rest des Weges in den Van, während ich auf zwei Beinen lande.

Ihr Schrei erstirbt auf ihren Lippen, vermutlich weil sie zu atmen aufgehört hat. Ich werfe sie auf den Beifahrersitz, schnappe mir meine Kleider und steige ein. Wie in einer Wiederholung der Szene von vor einigen Stunden im Labor, lege ich den Gang ein und fahre rückwärts davon, ehe ich mit quietschenden Reifen vom Parkplatz düse wie ein Feuerwehrwagen auf dem Weg zu einem Großbrand.

Ich drücke das Kleiderbündel auf meinen Schwanz, der dank Laynes Anwesenheit strammsteht.

„Gurt, Layne."

Sie saugt schließlich Luft ein und ihre Hände greifen mechanisch nach dem Gurt. „D-du blutest."

Ich blicke auf meine Schulter hinab. „Das ist schon okay." Ich bin tatsächlich überrascht von der Menge an Blut, das nach wie vor aus der Wunde tritt. Meine Gestaltwandler-Heilfähigkeiten hätten die Kugel eigentlich schon aus meinem Körper befördern sollen.

„Wer *bist* du?", fragt sie.

„Sam. Sam Smith." Ich habe den Rückspiegel ständig im Blick, aber ich sehe kein Anzeichen dafür, dass uns die Data-X Arschlöcher folgen. Vielleicht haben sie beschlossen, dass gegen einen Wolf zu kämpfen, ihre eigenen Pflichten bei weitem überstieg.

„Ich meine, *was* bist du?" Ihre Stimme zittert und ihr Gesicht ist bleich unter ihren Sommersprossen.

„Ich bin ein Gestaltwandler. Du dachtest doch nicht, dass diese sich selbst regenerierenden Zellen von Menschen kamen, oder?"

Der Laut, der ihre Lippen verlässt, ist ein Teil

Wimmern, ein Teil Stöhnen. Das trägt nicht dazu bei, dass sich mein schmerzender Ständer legt.

Meine Hände krallen sich um das Lenkrad, während ich den Berg zu dem Safe House hochfahre, das ich mir sicherte, bevor ich in das Data-X Labor einbrach. „Wie haben sie uns gefunden? Hast du sie angerufen?" Ich bin immer noch halb beleidigt und halb beeindruckt, dass sie vorhin die Betäubungspistole bei mir benutzt hat. Was mich daran erinnert – ich greife sie mir jetzt und schleudere sie nach hinten in den Van außer Reichweite.

Sie zieht mein Wegwerfhandy hervor, das sie an sich genommen haben muss, als sie den Van stahl, und starrt auf das blanke Display. Ihre Hand zittert so heftig, dass das Handy aus dieser rutscht und auf den Boden fällt. Sie macht keine Anstalten, es aufzuheben.

Sie steht unter Schock.

„Layne?"

„Sie sind nicht gekommen, um mich zu retten." Ihre Stimme klingt weit entfernt. „Sie wollten nur die Daten."

Ihr fortwährendes Vertrauen in Data-X ärgert mich. „Ach ne, Süße. Haben wir dieses Gespräch nicht schon mal geführt? Sie denken, du gehörst zu mir. Du bist entbehrlich. Die Forschung ist es nicht."

Sie richtet ihren schockierten Blick auf mich. Ihre Augen sinken auf die Schusswunde, dann hüpfen sie wieder hoch zu meinem Gesicht. Blut läuft nach wie vor über meine Schläfen. Zu viel Blut. Sie müssen etwas mit diesen Kugeln gemacht haben, das sich auf meine Heilkräfte auswirkt.

„Ein Gestaltwandler." Ehrfurcht schwingt in ihren Worten mit. „Ein Werwolf."

35

„Ja", gestehe ich. Ich hatte nicht vorgehabt, ihr das zu zeigen und zu erklären, aber was geschehen ist, ist geschehen. Wenn das alles vorbei ist, werde ich mir überlegen, was ich mit ihr und ihrem verbotenen Wissen über unsere Art tun werde.

„Deswegen hat das Schwachlicht die Zellen aktiviert."

„Was meinst du?", frage ich scharf.

„Ich benutzte ein Licht, das dem Mondlicht ähnelt, und die Zellen veränderten sich."

Ich gebe einen nichtssagenden Laut von mir. Sie denkt, dass ich das Biest aus den Filmen bin, das nicht anders kann, als sich während des Vollmonds zu verwandeln. Was auch immer. Ich muss sie nicht ins Bild setzen, vor allem nicht, wenn ich ihre Erinnerungen ohnehin von einem Blutsauger löschen lassen muss.

Ich biege auf eine kaum vorhandene Straße festgefahrener Erde, die sich um mehrere Biegungen schlängelt, und halte vor einem Mobilheim.

Ich steige aus und ziehe meine Klamotten an. Dabei kehre ich Layne meinen Rücken zu, damit sie nicht sieht, wie hart ich für sie bin. Ich öffne die Kofferraumtür des Vans und ziehe einen Erste-Hilfe-Kasten sowie Klebeband heraus. Wenn Layne weiterhin wegläuft, werde ich sie wie eine echte Geisel fesseln müssen.

Als sie aus dem Van klettert, ziehe ich ihre Handgelenke hinter ihren Rücken und klebe sie mit dem Klebeband zusammen. „Es tut mir leid, Doc, aber ich kann nicht zulassen, dass du noch mal auf mich schießt oder wegrennst."

Sie kämpft gegen die Fesseln an, als ich sie zu der Tür führe.

„Warte hier", befehle ich und gehe vor ihr in das Safe House. Das schlichte Mobilheim ist leer bis auf meine Ausrüstung. Ich laufe durch das Heim und vergewissere mich, dass es auch wirklich leer ist, bevor ich sie hereinbitte.

Paranoid, ja. Jeder mit Alpträumen, wie ich sie habe, wäre das.

„Was ist das für ein Ort?" Sie sieht sich in den leeren Zimmern um.

„Ein sicherer Ort." Sie dreht sich mitten in dem winzigen Wohnzimmer im Kreis.

„Hier." Ich öffne eine Wasserflasche und halte sie an ihre Lippen.

Sie schluckt und würgt, woraufhin Flüssigkeit über ihr Kinn tröpfelt.

Ich werde von dem Verlangen überkommen, es von ihr zu lecken, diese pralle Unterlippe in meinen Mund zu saugen und sie zu kosten.

Sie weicht vor mir zurück, setzt eine finstere Miene auf und kehrt mir den Rücken zu.

Ich ignoriere den Kummer meines Wolfs, weil ich sie beleidigt habe, und werfe einen Blick auf mein Wegwerf-handy. Mehrere Nachrichten. Die müssen alle von Kylie sein. Sie ist die Einzige, die gut genug ist, um mich aufzuspüren.

„Halt dich von den Fenstern fern", blaffe ich, als Layne in diese Richtung schlendert. Was dämlich ist. Meine Wolfsinne würden hören, wenn sich jemand nähert, und es ist alles ruhig. Dennoch verspüre ich dieses drängende Bedürfnis, sie zu beschützen, und die Erinnerung an dieses

Arschloch, das ihr eine Pistole an den Kopf hielt, ist noch zu frisch.

Sie starrt mich wütend an und lässt sich auf das harte Sofa fallen. Ich verlasse sie, um meinen Computer hochzufahren und die Festplatte mit diesem zu verbinden. Augenblicklich beginnt er mit dem Download und stellt mehrere Kopien her, die auf meinen privaten Servern gespeichert werden. Ich ringe mit mir, ob ich Kylie eine Kopie schicken soll. Sie würde helfen, die Daten zu sichten, aber sie dazu zu holen, bedeutet, sie und Jackson in Gefahr zu bringen. Das kann ich nicht riskieren. Vor allem nicht wegen Jaylin, ihrem neugeborenen Welpen. Oder Kätzchen. Vor der Pubertät werden wir das nicht erfahren.

Aber vielleicht hat die gute Doktor Zhao ja eine Möglichkeit, die Gestaltwandlergene zu entschlüsseln.

Mein Arm wird taub und ich reibe ihn geistesabwesend.

„I-ich denke, du solltest zu einem Krankenhaus gehen oder so was." Sie starrt meinen Rücken an.

Ich verrenke meinen Hals und bemerke, dass auch die Rückseite meines Hemdes blutdurchtränkt ist.

Fuck. Zwei Kugeln.

Mit einem Grunzen gehe ich ins Bad, wo ich mein Shirt ausziehe, um die Wunden im Spiegel in Augenschein zu nehmen. Eine Kugel hat sich tief in meine Schulter gegraben. Die andere scheint in meinem Schulterblatt zu stecken. Keine der beiden Wunden ist sonderlich ernst – mein Gestaltwandlerblut würde die Kugeln normalerweise rausschwemmen, aber so wie ich Data-X kenne, bestehen die Kugeln aus Silber oder irgendeinem Scheiß, den sie in ihren Laboren erfunden haben, um meine normale Heilung zu verhindern. Smyths Männer sind daran gewöhnt, Gestaltwandler zu überwältigen.

Ein Wimmern veranlasst mich dazu, mich umzudrehen. Layne steht in der Badezimmertür und sieht mitgenommen aus.

„Mir geht's gut", informiere ich sie, obwohl die Wunden, jetzt da ich mir der Kugeln bewusst bin, brennen. „Es ist nichts."

„Es ist nicht nichts", erwidert sie mit der gleichen Leidenschaft, mit der sie ihre Forschung verteidigte. „Du wurdest angeschossen. *Zweimal.* Du brauchst medizinische Versorgung."

Ich lache beinahe. „Keine Krankenhäuser, Süße."

Sie presst ihre Lippen zusammen und ich erkenne den Ausdruck. Ihre Sturheit wird sich gleich bemerkbar machen.

„Erste-Hilfe-Kasten", sage ich, bevor sie zu schimpfen anfangen kann. Ich wirble sie herum und reiße das Klebeband mit Gestaltwandlerkraft auseinander. „Auf dem Tisch im Wohnzimmer. Bring auch das Klebeband mit."

„Warum, damit du mich wieder fesseln kannst?", grollt sie, aber läuft trotzdem schnurstracks ins Wohnzimmer.

„Theoretisch gesehen, ist es keine Fessel", rufe ich ihr hinterher. Beim Schicksal, flirte ich etwa? Ich glaube, das könnte mein erbärmlicher Versuch sein, mich mit der attraktiven Wissenschaftlerin zu unterhalten.

Ich hatte keine Ahnung, dass ich so schlecht im Flirten bin. Mein Sexleben bestand bis zu diesem Punkt nur aus Affären, die ich im Eklipse aufgabelte, wo ich an der Bar arbeite. Dort muss ich die Mädels nicht für mich einnehmen, sie sind von Natur aus fasziniert von meinem Job.

Yeah, hinter der Bar zu stehen und Drinks zu mixen macht mich automatisch besonders. In dem winzigen Mikrokosmos beliebter Nachtclubs hat der Kerl, der den Alkohol kontrolliert, die Macht. So viel Macht wie der Kerl, der die Tür kontrolliert. Die Mädels klimpern mit den Wimpern und zeigen ihr Dekolleté und ich vögle sie an der Wand. Oder in ihrer Wohnung. Ich bleibe aber nicht über Nacht. Ich rufe am nächsten Tag nicht an. Ende der Geschichte.

Ich habe nie eine Beziehung in Erwägung gezogen, weil ich die kalte, harte Wahrheit kenne: ich bin beschädigt. Unverpaarbar.

Die meisten Tage kann ich die Dunkelheit gerade so von mir fernhalten. Meine Erziehung, wenn man sie überhaupt so nennen kann, gepaart mit multiplen Traumata von den Labortests nach der Pubertät sowie der Mondwahnsinn sorgen dafür, dass ich im besten Fall emotional distanziert bin. Tierisch verrückt im schlimmsten Fall.

Layne kehrt zurück, den Erste-Hilfe-Kasten und, unfassbarerweise, das Klebeband in den Händen haltend.

Gehorsames Ding. Vielleicht dachte sie, ich bräuchte es für etwas anderes als ihre Handgelenke.

Sie verdreht die Augen. „Dann kleb mich eben zusammen. Das klingt nur nicht so gut. Weißt du, ich glaube wirklich nicht, dass dieser Erste-Hilfe-Kasten reichen –"

„Ich gehe nicht ins Krankenhaus. Smyths Männer werden dort vielleicht nach mir Ausschau halten. Wenn sie uns finden, werden sie den Job zu Ende bringen wollen."

Ihr Mund schließt sich. Die Angst ist wieder zurück, aber sie klappt den Kasten auf und zieht ein Paar Handschuhe an. „Dann lass mich machen."

„Bist du eine medizinische Ärztin?"

„Nein", schnaubt sie. „Aber ich habe Medizin im Grundstudium gehabt. Und ich kann es rausfinden."

Ich mustere ihr Gesicht, während sie sich darauf konzentriert, das Blut von den Wunden in meiner Schulter zu putzen. Das Gesicht vor Konzentration verzogen, ist sie noch immer reizend, ihre Züge atemberaubend und zierlich zugleich. Ihre Porzellanhaut ist glatt und perfekt, ihre Wangenknochen hoch.

„Ich glaube, da ist eine Kugel drin." Sie schneidet eine Grimasse.

„Ich weiß." Ich spreche mit normaler Stimme, obwohl Schmerz meinen Arm hoch und runter rast.

„Setz dich." Sie deutet mit ihrem Kinn zur Toilette.

Ich zucke mit den Achseln und lasse mich auf den Deckel fallen. Als sie ihren Körper so neigt, dass sie zwischen meinen Knien steht, unterdrücke ich ein Stöhnen. Ihre Brüste sind auf Mundhöhe und flehen darum, liebkost zu werden. Ihr Geruch dringt in meine Nasenlöcher und mein Wolf kämpft sich an die Oberfläche.

Langsam, Junge.

Ein Wolf sollte keinen Menschen markieren wollen, aber meiner scheint zu denken, dass Layne meine Gefährtin ist. Nun, es ist keine Überraschung, herauszufinden, dass ich auf noch eine Weise verkorkst bin – nicht in der Lage, den Unterschied zwischen einer menschlichen Gefährtin und einem Gestaltwandler zu bemerken. Ich war ein Idiot, dass ich mich von meinen tierischen Instinkten leiten ließ, als ich sie packte.

Jetzt ist sie eine Ablenkung von meinem eigentlichen Ziel – Smyth zu eliminieren.

Sie reißt ein Päckchen sterilisierter Instrumente auf

und beugt ihren Kopf über ihre Arbeit. Es fühlt sich an, als würde sie in meiner Schulter herumgraben. Ihr Pferdeschwanz fällt nach unten und kitzelt meine Wange.

Meine Fresse. Ich will sie zu Boden werfen und sie bis zum Morgen vögeln.

„Oh, sorry." Sie bemerkt den Pferdeschwanz und wirft ihn nach hinten. „Tue ich dir weh? Ja, es muss so sein."

Eine Erinnerung blitzt vor meinen Augen auf. Die Dunkelheit pulsiert um mich, kommt näher. Das Labor ist dunkel oder vielleicht ist meine Sicht nur eingeschränkt. Ich bin an einen Stuhl gefesselt, um gefoltert zu werden. *Schmerzschwellentests* nannten sie es. Dabei setzte Smyth jede vorstellbare Form der Folter bei mir ein, um meine Reaktionen zu messen, meine Regenerationsfähigkeit.

Ein Knurren bricht aus meiner Kehle hervor.

Layne kreischt und taumelt zurück. Ich fange sie auf und greife nach ihrer Taille, umfange jedoch stattdessen ihren Hintern.

„Es ist okay", versichere ich ihr und ziehe sie zwischen meine Beine, wobei meine Hand nach wie vor die weiche Kurve ihres Hinterteils packt. Sie zu berühren, macht die Dunkelheit heller. Das Gewicht auf meiner Brust lässt nach.

„Was war das? Habe ich dir wehgetan?"

Mein Gehirn sagt meiner Hand, dass sie loslassen soll, aber natürlich drücke ich zuerst zu, bevor ich sie freigebe. „Sorry!", sage ich rasch und halte meine Hände hoch. „Ich habe nicht versucht, dich zu begrapschen."

Ich bin so ein verdammter Lügner.

„Was war dieser Laut, den du gemacht hast?"

Ich schüttle den Kopf in dem Versuch, die Reste der

Erinnerung loszuwerden. „Nichts." Sie weiß vermutlich bereits, dass ich nicht ganz richtig im Kopf bin, aber mein närrischer Wolfstolz hält mich davon ab, zuzugeben, was für ein gebrochener Mensch ich bin. „Mir geht's prima. Du hast mir nicht wehgetan."

Sie presst ihre Lippen aufeinander, aber ihre Hand zittert, als sie sich wieder daran macht, in meiner Schulter zu stochern.

Ich kann nicht anders – ich schlinge meine Finger um ihr Bein und packe ihren Schenkel leicht. Ihre Wärme dringt durch meine Haut und scheint wie eine Droge in meinen Blutkreislauf einzudringen, den Anflug von Wahnsinn zu beruhigen sowie das blindwütige Biest in mir, das darum kämpft, sich zu befreien.

Ich zerbreche mir den Kopf nach etwas Lässigem, das ich sagen könnte, und platze schließlich damit heraus: „Du bist heiß für eine Streberin." Zum Teufel noch mal! Ich bin so ein gottverdammter Idiot.

„Na toll, danke auch", sagt sie, nach wie vor auf ihre Arbeit konzentriert. „Wenn das der beste Spruch ist, den du draufhast, dann ist es kein Wunder, dass du Frauen entführen musst, damit sie mit dir reden."

Ich zucke zusammen und das nicht wegen des Zwickens in meinem Arm. Sie hat recht, wenn sie mich für einen Psycho hält. Die Risse in meinem Verstand können nicht repariert werden. Zum Teufel, nicht einmal ich weiß, warum ich noch am Leben bin, abgesehen davon, dass das Schicksal gewollt haben muss, dass ich so weit komme, damit ich Smyth aus dem Verkehr ziehen kann.

In einer anderen Welt, in einem anderen Leben könnte

ich die Sorte Mann sein, die eine Frau auf ein Date
ausführt. Normal.

Dr. Zhao wäre genau mein Typ – das sexy Genie.
Layne, erinnert mich mein Wolf.

„Du findest also, dass ich es nicht draufhabe?" *Halt die
Fresse, halt die Fresse.* Du hast sie mit einer Pistole
bedroht, sie als Geisel genommen und gedroht ihren
Arbeitsplatz in die Luft zu jagen. Jetzt gräbst du sie an?

Zu meiner Überraschung huscht ein Lächeln über ihr
Gesicht, bevor es zu einem ernsten Ausdruck der Konzentration verblasst.

„Halt still." Ein Stechen und Blut strömt aus meinem
Arm. „So." Sie zeigt mir die blutverschmierte Kugel,
bevor sie sie ins Waschbecken fallen lässt. „Nächstes Mal
bring mir Blumen mit."

Ein Lachen bricht aus mir hervor. Layne macht sich
daran, mich zu säubern und zu verbinden. Ich könnte ihr
sagen, dass dazu kein Bedarf besteht und dass meine
Gestaltwandlerheilkräfte jetzt übernehmen werden, da das
Silber draußen ist, aber es gefällt mir, wie sie mich
umsorgt.

„Dreh dich um", befiehlt sie und ich verändere meine
Position auf dem Toilettendeckel, sodass ich rittlings auf
diesem sitze und ihr meinen Rücken anbieten kann.

„Die hier ist nicht so tief, aber…" Sie saugt scharf die
Luft durch ihre Zähne.

„Was?"

„Ich glaube, sie hat dein Schulterblatt gebrochen."

„Mach dir darum keine Sorgen", winke ich ab.
„Sowie das Silber draußen ist, werde ich mich regenerieren."

Sie erstarrt einen Augenblick. „Silberkugeln, um einen Werwolf zu töten? Ist das echt?"

Ich antworte nicht, denn sie muss nichts über meine Art wissen. Um sie abzulenken, frage ich: „Wie alt bist du?"

„Fünfundzwanzig." Sie stochert in meiner Wunde herum und ich höre das Kratzen von Metall auf Knochen.

„Ziemlich jung für eine Ärztin."

„Ich habe das College angefangen, als ich siebzehn war."

„Wie bist du so jung aufs College gekommen?"

„Tutoren." Sie lässt noch eine blutige Kugel ins Waschbecken fallen. „Sie ist draußen."

„Dennoch…" Ich rechne in meinem Kopf nach. „Vier Jahre für einen Bachelorabschluss –"

„Zwei, um genau zu sein. Ich testete einen Haufen verschiedener Kurse. Fortgeschrittenenkurs fürs Medizingrundstudium. Dann wechselte ich zu Genetik und erhielt ein Forschungspraktikum."

Ich pfeife. „Also bist du ein Genie."

Sie tupft die Stelle noch mal mit Alkohol ab und reißt eine Packung mit einem Verband auf. „Nein. Nur ehrgeizig. Und ich komme nicht viel raus." Sie streift die Handschuhe ab und mustert mich, so wie ich sie gemustert habe.

„Lass den Verband weg. Ich denke, ich werde duschen." Blut verklebt noch immer meine Seite und den Bund meiner schwarzen Jeans. „Danke, dass du die Kugeln rausgeholt hast."

„Gern geschehen. Ich würde ja *jederzeit* sagen, aber mir wäre es lieber, wenn das nicht zur Gewohnheit werden würde."

„Verstanden."

Ich nehme das Klebeband in die Hand und ziehe ein Stück ab.

~.~

Layne

ICH SCHÄTZE, ich bin die Dumme, weil ich das Klebeband mit ins Bad gebracht habe. Ich dachte ehrlich, er würde es brauchen, um seine Wunden zu tapen oder so was.

Trotzdem bin ich wirklich angefressen, dass er auch nur denkt, er müsste mir die Hände zusammenkleben. Ich stemme die Hände in die Hüften. „Ich habe gerade zwei Kugeln aus dir gefischt. Wirst du ernsthaft –"

Er packt meine Hände und drückt sie nach unten auf den Waschtisch. Bevor ich sie wegziehen kann, presst er ein langes Stück Klebeband auf sie und fixiert mich so an der fake Marmoroberfläche.

„Das wird mich nicht festhalten."

Oder vielleicht wird es das doch tun. Ich zerre nutzlos daran, während er ein zweites und drittes Stück obenauf klatscht.

Ich stottere. Warum zum Kuckuck konnte er nicht einfach wieder meine Handgelenke hinter meinem Rücken zusammenkleben? Musste er mich an das *Waschbecken* kleben? „Diese Position ist absolut demütigend", beschwere ich mich. Ich bin an der Taille vornübergebeugt und dem Spiegel zugewandt wie ein Kind, das in der Ecke stehen muss.

Als hätte er gerade erst bemerkt, wie sexuell die Pose ist, presst er sich plötzlich direkt an mich und die Hitze seines schlanken Körpers drückt sich an meinen Rücken. Die Wölbung seines Penis streift mein Gesäß und ich werde an seine Erektion erinnert, nachdem er sich verwandelt hatte.

Ist das normal? Oder war die nur für mich? Röte kriecht mir den Hals hinauf, als ich realisiere, wie sehr ich mir wünsche, dass er auf mich steht.

Er beugt sich nach vorne und legt seine Hände links und rechts von meinen auf den Waschtisch, womit er mich zwischen seinen Armen einkeilt. Seine Lippen streifen mein Ohr. „Ich weiß nicht. Ich finde es irgendwie heiß."

Oh Gott. Er steht so was von auf mich. Hitze flutet meine Mitte und ein Kribbeln rast über meine Haut.

Eine seiner Hände packt meine Hüfte, während er zurückweicht.

Ich hebe meine Augen zum Spiegel und mir stockt der Atem, als er seine andere Hand hebt und sie kräftig auf meinen Hintern fallen lässt.

„Aua!", protestiere ich.

„*Das* war dafür, dass du auf mich geschossen hast." Seine Stimme ist tiefer als normal. Er schlägt genauso hart auf meine andere Pobacke. „Und *das* ist dafür, dass du zurück zu Data-X gerannt bist."

Ein Wimmern bricht aus meinem Mund hervor, aber nicht wegen des Schmerzes. Eher weil meine Knie weich werden und ich nicht weiß, wie ich stehen soll.

Er reibt mit seiner Hand über mein brennendes Fleisch und ich ertappe mich dabei, wie ich mich nach hinten in seine Hand drücke und meine Hüften hoch und zurück kreisen lasse.

Sein Atem beschleunigt sich und seine Hand streichelt tiefer, die Rückseite meines Schenkels hinab und unter meinen Rock.

Ich fühle mich nie sexy – jemals. Aber in diesem Moment, in dem ich dem Rasseln von Sams Atem lausche und die Lust in seinen Augen schimmern sehe, fühle ich mich wie ein Pin-up-Girl. Oder der Star eines Pornos.

Heiße Wissenschaftlerin wird von wütender Versuchsperson bestraft und hart gefickt.

Oh Gott, ich hätte das *nicht* denken sollen.

„Layne." Er spricht meinen Namen wie eine Klage aus. Wie eine Entschuldigung.

Ich frage mich, wofür er sich entschuldigt – für das, was er tun wird? Oder für das, wovon er sich gerade zu tun abhält? Denn ich kann sehen, wie er mit sich ringt. Schuld und Unterdrückung wirbeln unter der Oberfläche, während seine Hände höher und höher streicheln. Seine Finger streifen meine unteren Lippen und schicken eine Schockwelle der Lust durch meinen Körper.

„Sag mir, dass ich aufhören soll, Layne", krächzt er.

Was stimmt nur nicht mit mir? Ich will nicht, dass er aufhört. Ich begegne seinem Blick im Spiegel und schüttle den Kopf.

Seine Augen weiten sich schockiert und seine Finger schieben sich unter den Zwickel meines Slips.

Ich zucke bei der zielstrebigen Berührung und seinen

Fingern, die über meine Spalte reiben, zusammen. Ich war noch nie so feucht.

„Du willst das nicht." Es ist beinahe so, als würde er mich anflehen, ihn zu stoppen.

Im Spiegel halte ich seinen Blick und hebe ein Knie auf den Waschtisch neben meine Hände.

Der Laut, der Sam entkommt, klingt rein animalisch. Er zieht seine Finger aus meinem Slip und schlägt auf meine Pussy.

Mein Mund formt ein überraschtes *O*. Ich wusste nicht einmal, dass das eine Sache ist.

„Was machst du nur, Layne?", spricht Sam mit rauer Stimme weiter, obwohl er unterdessen den Rock meines Kleides nach oben schiebt und meinen Slip nach unten reißt. „Du willst das nicht tun. Nicht mit mir." Er schlägt mir erneut hart auf den Hintern.

Bevor ich antworten kann, ist er zu meinen Füßen auf den Knien und schiebt mein Bein wieder nach oben auf das Waschbecken, nachdem er meinen Slip von meinen Knöcheln befreit hat. Er leckt in mich.

Ich keuche, als die pure Lust durch meinen Körper schießt.

Okay, ich wusste nicht einmal, dass diese Position existierte. Cunnilingus von hinten? Er presst meine Hüften fest gegen das Waschbecken, während er mich mit unnachgiebigen Zungenschlägen zerstört.

Ich erkenne die Laute nicht wider, die aus meinem Mund kommen – guttural und erregt.

Noch ein Hieb. Irgendwie landet mein Bein, das auf dem Waschbecken war, auf seiner Schulter und mein flacher Ballerina-Schuh tritt in die Luft.

Sams Zunge wirbelt und schnalzt gegen meine Klit, immer und immer wieder.

Ich stöhne, rucke mit den Hüften hoch und runter und vögle sein Gesicht. „Bitte", flehe ich.

Sams Mund löst sich mit einem Schmatzen von meiner Pussy und er steht auf. Er ersetzt seinen Mund mit seinen Fingern, stößt sie in mich und füllt mich.

Ich stöhne: „Bitte."

Er pumpt seine Finger in mich rein und raus, stößt mit seinen Knöcheln gegen meinen Eingang und penetriert mich tief.

Er trifft meinen G-Punkt und ich verliere die Beherrschung. Mein einziges Standbein sackt unter mir weg, aber es spielt keine Rolle, da mich Sam mit einer Hand an meinem Po für seinen fortwährenden Fingerfick festhält. Klatsch-klatsch-klatsch besorgt er es mir, während mein Orgasmus heftig über mich fegt.

Meine Muskeln verkrampfen sich um seine Finger und meine Pussy läuft aus. „Sam!", keuche ich. „Sam!"

„So ist's recht, Süße." Seine Stimme ist so tief und kratzig, dass ich sie kaum wiedererkenne. „Sag meinen Namen, wenn du kommst. Ich werde mir den Rest meines Lebens dazu einen runterholen."

Meine Gehirnkraft wird von meinem Orgasmus ernsthaft behindert, aber ich speichere seine Worte ab, um sie später auseinanderzunehmen. Irgendetwas stimmt nicht so ganz mit ihnen, aber ich kann jetzt nicht sagen, was genau es ist.

Als mein Höhepunkt verebbt, entfernt er seine Finger und erhebt sich, wobei er mich nach wie vor festhält. Auf seinem Gesicht ist die pure Qual zu sehen. Ich will ihm anbieten, mich zu revanchieren, aber er wendet sich von mir ab, zieht seine Jeans aus und tritt in die Dusche.

Da ich noch immer mit dem Klebeband an dem Waschbecken fixiert bin, kann ich lediglich dem Schatten seiner Statur im Spiegel zuschauen, während er dem Wasserstrahl zugewandt ist und sich das Wasser über den Kopf strömen lässt.

Seine Erektion ist riesig. Durch den Duschvorhang sehe ich sie steif und gerade vor ihm aufragen, während er eine Hand an die Duschwand presst und im Wasser zusammensackt.

Seine Hand hebt sich zu seinem Glied, aber er zögert, bevor er es berührt, seine Finger zucken. Als hätte er irgendeinen Kampf verloren, packt er es und ein Schauder durchläuft seinen Körper. Ich höre ein unterdrücktes Stöhnen. Der Spiegel beschlägt wegen des Dampfs und ich will meine Show nicht verlieren.

Ich befeuchte meine Lippen. „Ist das für mich?" Herrgott, meine Stimme klingt heiser.

Er lässt seinen Kopf tiefer sinken und ein reumütiges Lachen hallt von den Wänden. „Glaub es, Süße."

„Warum öffnest du nicht den Vorhang, sodass ich zuschauen kann?"

Er erstarrt, die Hand an seinem Penis, als könnte er nicht fassen, was ich gerade vorgeschlagen habe. Dann fliegt der Vorhang auf.

Ich werde von einem leichten Wasserstrahl besprüht, aber es stört mich nicht. Ich bekomme Sams nackten Körper in all seiner Pracht zu sehen. Nass. Kraftvoll. Bepackt mit sehnigen Muskeln.

Er lehnt seinen Unterarm an die Wand und seinen Kopf

ENEE ROSE & LEE SAVINO

darauf ab, während er seinen Penis massiert. „Das ist *alles* für dich, Layne", knurrt er. „Wegen dir bin ich so außer Kontrolle, dass ich nicht einmal mehr vernünftig denken kann."

Obwohl ich gerade erst zum Orgasmus gekommen bin, reiben sich meine Hüften erregt am Waschbecken.

„Wirst du… es mir geben?"

Wow. Habe ich das gerade wirklich gesagt? Ich lasse mich jetzt definitiv von Porno-Layne inspirieren. Aber es ist das, was ich will. Jetzt da ich weiß, wie fähig er mit seinen Fingern und Mund ist, brenne ich darauf, herauszufinden, wie er mit seiner Männlichkeit umzugehen weiß.

Wieder hält er beim Masturbieren inne und dann nimmt er es in einem wilden Rhythmus wieder auf. „Ich kann nicht", bringt er zwischen zusammengepressten Zähnen hervor. „Ich wünschte, ich könnte es, Süße." Ein Hauch von Bitterkeit färbt seine Stimme, was ich nicht verstehe. „Das Beste, das ich tun kann, ist dich am Leben zu halten, bis Smyth tot ist und seine Forschung stillgelegt wurde."

Das war ein Stimmungskiller. Was, wie ich annehme, seine Absicht war. Anscheinend hat es seinem Verlangen keinen Dämpfer versetzt, denn seine Trapezmuskeln sind vollkommen verspannt und eine Vene tritt über ihnen hervor, während er seine Männlichkeit misshandelt.

Ein Knurren dringt aus seiner Kehle und hallt von den Fliesenwänden. Er schließt die Augen, ruckt mit den Hüften nach vorne und kommt. Stränge seiner Essenz überziehen die Fliesen vor ihm, vermischen sich mit dem Wasser und laufen in den Abfluss.

Als er fertig ist, schwenkt sein Kopf zu mir, um mich

zu betrachten, und ich schwöre es liegt eine Anschuldigung in seinem Blick. Als wäre er wütend darauf, dass er sich zu mir hingezogen fühlt.

Er schaltet das Wasser aus und steht tropfnass und mit hängendem Kopf da.

„Ich würde dir ja ein Handtuch reichen, aber – du weißt ja – ich bin hier drüben an ein Waschbecken geklebt", sage ich trocken.

Der Schatten eines Lächelns umspielt seine Lippen und er tritt aus der Dusche, schnappt sich ein einfaches weißes Handtuch von dem Handtuchständer und trocknet sich ab.

„Okay, Doc."

Ah, jetzt sind wir also wieder bei *Doc*.

Er reißt an seiner schwarzen Jeans und stopft seinen Penis hinein, zieht jedoch nicht den Reißverschluss hoch und knöpft sie auch nicht zu. Ich starre im Spiegel auf seinen glorreichen Körper, die gelockten goldenen Haare, die seine Brust sprenkeln, die feine Linie Haare, die hinab zum V seines Reißverschlusses verläuft. Ein Tattoo windet sich über einen seiner Brustmuskeln und ich sehe, dass es ebenfalls Narben verbirgt. Brandnarben.

Er schiebt sich von hinten an mich und keilt mich ein weiteres Mal zwischen seinen Armen ein. Er reißt das Klebeband mit einem schnellen Ruck von meinen Händen.

„Aua!", brülle ich lauter als notwendig. Ich bin wütend auf ihn, aber nicht sicher warum. Vielleicht, weil er mich zurückgehalten hat.

Er dreht sich um und packt meine Hände. Seine Stirn runzelt sich vor Konzentration, als er die gereizte Haut mit seinen Daumen massiert. „Es tut mir leid." Er räuspert sich. „Ich hatte nie vor, dir wehzutun, Layne. Ich...

ich will nur nicht, dass du noch ein Opfer von Smyth wirst."

Bevor ich antworten kann, attackiert er meinen Mund mit seinem und packt meinen Hinterkopf, um mich für seinen Angriff stillzuhalten. Seine Zunge fährt zwischen meine Lippen.

„Wir können das nicht tun", sagt er, als wir uns voneinander lösen.

Ich blinzle zu ihm hoch. Hm? *Er* hat *mich* geküsst, nicht anders herum. Als könnte er einfach nicht anders, beugt er sich für einen weiteren leidenschaftlichen Kuss nach unten und dieses Mal vergesse ich seine Worte und ergebe mich. Seine Hand vergräbt sich in meinen Haaren, sein Mund ist befehlend. Meine Knie werden wieder weich.

„Das ist eine schlechte Idee", murmelt er. Seine Iriden leuchten gelb wie die eines Wolfes. Er küsst meinen Kiefer entlang, die Säule meines Halses hinab. Er ruckt zurück, als würde er mit einem Teil von sich ringen. „Ich kann nicht… mit dir zusammen sein."

„Prima." Ich klinge viel defensiver, als ich das gerne hätte, aber er benimmt sich wie ein Verrückter. Natürlich, das ist sein *Modus Operandi.*

„Es ist für mich unmöglich, in einer Beziehung zu sein." Seine Hand erstarrt in meinen Haaren, seine Finger öffnen und schließen sich, ehe er sie aus dem Pferdeschwanz zieht.

„Ja, ich auch nicht. Ich will so etwas auch gar nicht."

Seine Augen werden wieder blau und eine Welt des Schmerzes schwimmt in ihnen. Kummer, den ich nicht einmal annähernd verstehen kann, nicht dass ich viel von diesem Mann verstehe.

„Aber ich denke, es ist okay, wenn wir einander etwas Lust schenken, meinst du nicht?" Ich bin noch immer fürchterlich erregt nach der Duschshow und Runde eins mit seinem Mund und Fingern. Trotz seiner widersprüchlichen Signale verzehre ich mich nach seiner Berührung. Danach, mich lebendig und hübsch und sexy zu fühlen auf diese einzigartige Weise, die er mir zeigt.

„Ja." Er zieht meinen Mund wieder zu seinem und küsst mich hart, während seine andere Hand den Saum meines Kleides nach oben zieht.

Im Nu hat er mich auf das Waschbecken gesetzt, das Kleid bis zu meinen Achseln hochgezogen, die BH-Körbchen nach unten geschält und seine Lippen saugen an einer meiner Brustwarzen. Ich wölbe mich ihm entgegen und stöhne.

„Nein." Er schüttelte den Kopf und seine Augen glühen gelb. Seine Hände drücken meine Brüste und wiegen sie. Er reibt mit den Daumen über die steifen Spitzen und verwöhnt die andere Brustwarze mit seinem Mund. „Ich kann nicht. Layne –" Er streichelt mit seinen Händen meine nackten Seiten hoch und runter. „Ich werde dir wehtun." Er zieht mich von dem Waschbecken und drängt mich rückwärts zur Tür, wobei sich sein Körper direkt an meinen presst.

„Du meinst, du kannst nicht mit einem Menschen zusammen sein?"

„Kann nicht mit dir zusammen sein", krächzt er mit tiefer und knurriger Stimme.

Ich blinzle zu ihm hoch, unsicher, ob ich verletzt oder beleidigt oder beides sein soll.

Er greift um mich und öffnet die Tür. „Ich hatte viele Menschen, Layne. Aber keine, die mich so die Kontrolle hat verlieren lassen, wie du es tust. Mein Wolf – ich habe nicht genug Kontrolle über ihn. Ich könnte dich verletzen, Layne. Schlimm. Möglicherweise tödlich. Es ist nicht sicher." Er schiebt mich aus dem Badezimmer und schließt die Tür, ehe er sie abschließt.

Ein hysterisches Lachen blubbert aus meiner Kehle.

Sam flucht auf der anderen Seite der Tür. Es klingt, als würde er sich dagegen lehnen. Ich lege meine Hand auf das Holz, als könnte ich seine Körperhitze hindurchspüren.

Ich schwöre, ich kann es.

„Ich werde noch einmal duschen", sagt er. „*Kalt*. Bitte geh nicht oder ruf jemanden an."

„Das werde ich nicht tun", verspreche ich. Und ich meine es ernst. Ich verstehe Sam noch nicht, aber ich vertraue ihm.

KAPITEL DREI

S *am*

MEINE FRESSE, ich bin nur einen Kuss davon entfernt, Layne zu markieren. Ich schwöre, wenn ich meinen Schwanz auch nur in die Nähe dieser Frau bringe, werde sich sie besinnungslos vögeln und meine Zähne direkt in ihrem Hals versenken.

So schlimm ist es.

Ich konnte buchstäblich nicht die Finger von ihr lassen, nicht einmal als mein Gehirn versuchte, zurückzuweichen. Genau wie damals, als ich beinahe meine Menschlichkeit verlor, hat mein Wolf wieder zu viel Macht über mich. Ich kann ihm nicht die gottverdammte Führung überlassen, denn dann werde ich nicht in der Lage sein, Smyth und Data-X den Garaus zu machen.

Es geht dabei nicht nur um Rache. Ich muss diesen Wahnsinn beenden, damit niemand sonst leiden muss.

Meine Fresse, die einzige Gestaltwandlerin des Tucson Rudels wurde in Mexiko von Harvestern geschnappt, die eine Verbindung zu dem Kerl haben, der heute Morgen mit Smyth im Labor war – Santiago.

Ich schalte das Wasser auf eiskalt und trete wieder in die Dusche. Es hilft nicht dabei, meine Erektion zum Erschlaffen zu bringen. Ich schwöre, Dampf steigt von meinem Körper auf, als mich das Wasser trifft.

Vielleicht könnten wir einander einfach nur ein wenig Vergnügen bereiten.

Hatte sie das wirklich vorgeschlagen? Wie um alles in der Welt hatte ich ein solches Glück haben können? Ich verdiene Layne Zhao definitiv nicht, ein helles Köpfchen mit einer noch strahlenderen Zukunft.

Als sie sagte, sie könnte in keiner Beziehung sein, wollte mein Wolf die Wände niederreißen. Aber es kann nicht daran liegen, dass es einen anderen Mann gibt, denn dann hätte sie nicht vorgeschlagen, dass wir unseren Spaß miteinander haben.

Ein Fauchen verlässt meine Kehle. Fuck, ich will sie.

Aber ich kann nicht. In der Sekunde, in der ich meinen Schwanz in sie stecke, wird mein Wolf sie markieren. Ich kann es daran erkennen, dass meine Augen jedes Mal die Farbe verändern, wenn ich ihr zu nahe komme. Meine Zähne werden länger und bereiten sich darauf vor, den Paarungsbiss zu verabreichen.

Warum zum Henker sollte mein Wolf einen Menschen wollen?

Er ist verwirrt. Vermutlich ist da irgendeine unterschwellige Biologie am Werk. Ich bin darauf vorbereitet, zu sterben, um Smyth zu Fall zu bringen. Irgendein instinktiver Teil von mir will sichergehen, dass ich mich fortpflanze, bevor das geschieht.

Das kann nicht die einzige Erklärung sein.

Ich bin versucht, mir noch einmal einen runterzuholen, um meinem Verlangen die Schärfe zu nehmen, aber was, wenn es die Lage nur verschlimmert? Das letzte Mal Hand anzulegen, als ich in der Dusche war, hat nicht dazu beigetragen, den Paarungsrausch zu beruhigen.

Ich lasse meinen Schwanz in Ruhe und spritze ihn lediglich mit kaltem Wasser ab. Als offensichtlich ist, dass das Wasser nicht hilft, schalte ich es aus und verlasse die Dusche.

Ich trockne mich ab, ziehe meine Jeans an und untersuche die Schusswunden im Spiegel. Sie haben sich bereits geschlossen, die Haut ist wieder zusammengewachsen und die Zellen haben sich erneuert. Das Shirt ist zu blutig, um es wieder anzuziehen, weshalb ich ohne eines nach draußen laufe.

Der Geruch von Essen schlägt mir entgegen. Gut, Layne hat sich in der Küche etwas zu Essen besorgt. Es ist nicht viel frisches Essen vorrätig, aber ich füllte die Schränke mit Dosenessen, als ich die Bude letzte Woche mietete.

Ich laufe in die Küche, wo ich Layne vorfinde, die in einem Topf Campbells Hühnernudelsuppe umrührt. Sie drehte sich um und ihr Blick landet auf meiner nackten Brust. Ihre Augenlider senken sich.

Beim Schicksal, die Chemie zwischen uns ist nicht von dieser Welt. Wenigstens weiß ich, dass sie es ebenfalls spürt.

Sie räuspert sich. „Hunger?"

„Immer", antworte ich, was stimmt. Seit ich fast verhungert bin, während ich den ganzen Winter als Wolf durch die Berge wanderte, esse ich bei jeder sich bietenden Gelegenheit. Zu blöd, dass ich immer noch dürr bin für meine Art.

„Ich werde, äh, mir ein Shirt suchen und bin gleich wieder da."

Denn, yeah. Wenn sie mich weiterhin so anschaut, werde ich ihr die Hände an diese Arbeitsplatte kleben und Runde zwei einläuten.

Als ich zurückkehre, hat sie die Suppe auf zwei Schüsseln verteilt, die sie auf dem kleinen Tisch beim Fenster abstellt. Ich verbringe einige Sekunden damit, in jeder Richtung aus dem Fenster zu schauen, bevor ich zu dem Schluss gelange, dass wir in Sicherheit sind, und mich setze.

Ich nehme die Schüssel in die Hand und verschlinge die Suppe in drei Schlucken.

Layne starrt mich an, als hätte ich fünf Köpfe, und springt auf. „Willst du noch mehr? Ich kann noch eine aufwärmen –"

„Bitte." Ich packe ihr Handgelenk, um sie zu stoppen. „Bediene mich nicht." Denn das Schicksal weiß, wenn sie so weitermacht, werde ich sie auf meinen Schoß ziehen und ihr zeigen, wie sehr mir das gefällt. „Setz dich. Ich habe einige Fragen an dich."

Ein wachsamer Ausdruck umwölkt ihr Gesicht. „Welche zum Beispiel?"

„Warum arbeitest du für Data-X?"

„Sie boten mir die beste Möglichkeit, um meiner Forschung nachzugehen."

„Die da wäre?"

Sie wendet den Blick ab. „Ich studiere Erbkrankheiten. Das war der Fokus meiner Postdoktoranden-Forschung. Data-X bot mir die Chance, den Kurs der Studie beizubehalten. Sie sagten – behaupteten – sie würde ihre anderen Projekte ergänzen, bei denen sie *Superzellen* erschaffen, die sich selbst regenerieren und krankheitsresistent sind."

„Und du hast ihnen geglaubt?"

„Zuerst nicht. Aber was ich gesehen habe – die Superzellen halten dem Test stand. Smyth hatte recht."

„Erzähl mir von ihm."

„Ich weiß nicht viel über ihn. Er hat mich eingestellt. Ich war überrascht, dass sie mich zur Leiterin des Omegaprojektes ernannt haben, aber er behauptete, er hätte meine Arbeit verfolgt und wüsste, dass ich ehrgeizig sei. Dass ich gut zu dem Projekt passen würde. Dass wir einer Menge Leuten helfen würden, einschließlich –" Ihr Atem stockt und sie blickt nach unten, studiert ihre Hände. „Er wusste einfach, was er sagen musste."

„Warum bist du so ehrgeizig?"

„Meine Mom starb an Barrington's."

„Was ist das?"

„Eine seltene Krankheit. Eine Immunerkrankung, bei der der Körper seine eigenen Zellen angreift. Es gibt keine Heilung." Sie holt tief Luft. „Noch nicht."

Deswegen engagiert sie sich also so sehr für ihre Forschung.

„Was kannst du mir über Santiago erzählen?"

„*Señor* Gruselig?" Sie seufzt und reibt sich über die Augen. Sie muss auf dem Zahnfleisch gehen. „Er ist heute einfach aufgetaucht. Smyth hat ihn mir vorgestellt. Er hatte einen Haufen Bodyguards dabei. Sie wollten von meinen Fortschritten hören. Das ist alles, das ich dir sagen kann. Das ist alles, das ich weiß."

Scheiße. Sie gibt mir nichts.

„Die Zellen, an denen du arbeitest. Die Superzellen. Woher hast du die?"

„Von etwas, das das Alphaprogramm genannt wird. Smyth will mir die wahre Quelle nicht verraten. Er will nicht, dass die Forschung verzerrt wird."

„Nein, Layne." Ihre Augen fliegen zu meinen, als ich ihren Namen sage. „Er will nicht, dass du erfährst, wie er sie erhalten hat."

„Wie hat er sie erhalten?"

„Illegale Beschaffung. Er nimmt Leute gefangen und zwingt sie zu seinen Experimenten. Das ist es, was Projekt Alpha ist."

Sie schluckt schwer. „Hat er das mit dir gemacht?"

Ich wende den Blick ab, als der dunkle Puls des Schreckens mich verschlingt.

Ich bin in einem Käfig aus Beton und Silberstäben, ein Würgehalsband liegt um meinen Hals, die Kette ist nach oben gezogen und an der Decke befestigt. Ich bin seit Wochen allein, ohne richtige menschliche Interaktionen. Trotzdem überkommt mich nur Furcht, wenn Smyth in seinem weißen Labormantel und mit seinem Klemmbrett auftaucht. Mein Körper spannt sich an und wappnet sich für weitere Schmerzen. Weitere Schmerzschwellentests. Weitere Messerstiche in die Brust, heiße Brandeisen an meinen Beinen und Armen.

Smyth nimmt die Kette, die an meinem Würgehalsband befestigt ist, vom Haken und reißt mich hoch gegen die

Gitterstäbe, die mit Silber überzogen sind. Wut brennt in seinen Augen. Hass.

„Sam?" Laynes besorgte Stimme dringt über einen Ozean. Das schreckliche Pochen in meinem Kopf, das ihre Worte übertönt, verstummt in dem Moment, in dem sie meine Hand nimmt.

Ich atme einen Schwall Luft ein und schüttle den Kopf, um meine Sicht zu klären.

Smyth. Warum hasste er mich so sehr? Das ist eine Frage, die ich mir damals nie gestellt habe. Jetzt scheint sie plötzlich ein wichtiger Hinweis zu sein – einer, der mir bis jetzt entgangen ist.

„Geht's dir gut, Sam?"

Ich reibe mit einer Hand über mein Gesicht. „Ich muss ihn aufhalten."

~.~

Layne

„WAS WIRST du mit den Forschungsergebnissen tun?", frage ich. Ich versuche, beiläufig zu klingen, aber ich weiß, dass ich schrecklich darin versagt habe, als sich Sams mitfühlender Blick auf mein Gesicht heftet.

„Layne", sagt er sanft. „Ich verstehe, dass du begeistert von deinen Entdeckungen bist…"

„Diese Forschung könnte Leben retten." Ich kann die Vehemenz nicht aus meiner Stimme verdrängen.

„Du kannst mit nichts davon an die Öffentlichkeit gehen, Süße. Was wirst du der wissenschaftlichen Gemeinschaft erzählen? Dass du Zellen von *Werwölfen* benutzt hast? Du wirst aus jedem Wissenschaftskreis gelacht werden. Nicht zu vergessen die Tatsache, dass ich dir nicht erlauben kann, unsere Existenz publik zu machen, selbst wenn sie diese Erklärung akzeptieren würden."

Mein Mund klappt auf, doch der Protest erstirbt auf meinen Lippen, als ich realisiere, dass er recht hat. Ohne weitere Gestaltwandlerzellen werde ich nicht in der Lage sein die Werte zu replizieren und ich werde sie nie erklären können.

Tränen brennen in meinen Augen und ich stehe vom Tisch auf, um sie zu verbergen.

Sam springt ebenfalls auf und schlingt seine Arme von hinten um mich. Er fängt mich nicht ein, wie er es heute Abend im Labor getan hat, er hält mich einfach nur. „Es tut mir leid."

„Ich *brauche* diese Forschung." Meine Stimme bricht.

„Und ich kann dir nicht erlauben, sie zu behalten." Seine Stimme ist leise, emotionslos. Es ist eine einfache Tatsachenaussage. Er nimmt mir das Einzige, an dem ich seit dem Jahr, in dem meine Mutter starb, gearbeitet habe, seit dem Tag, an dem ich erfuhr, dass ich an der gleichen Krankheit sterben würde.

Heiße Tränen rinnen über meine Wangen. Ich drehe mich in seinen Armen um und schlage mit der flachen Hand auf seine Brust. „Was wirst du damit tun?" Meine erhobene Stimme ist eine Spur höher als normal.

„Ich werde sie benutzen, um Smyth zu finden, und dann werde ich sie zerstören, nachdem ich ihn vernichtet habe." Die Entschlossenheit in seinem Gesicht ist tödlich und ich hege keinerlei Zweifel daran, dass er fähig ist, all diese Versprechen einzulösen.

„*Nein*. Du kannst nicht. Ich bin so nah –"

„Das bist du nicht. Du hast nicht mit menschlichen Zellen gearbeitet. Deine Forschung ist verzerrt."

Meine Gedanken rasen. „Vielleicht, vielleicht nicht. Ich brauche mehr Zeit und Tests, um es zu analysieren."

Sams Schultern sacken nach unten. „Layne –"

„Zerstör sie nicht", flehe ich. „Bitte. Es ist so wichtig."

Er umfängt mein Gesicht mit beiden Händen. „Wir werden uns etwas überlegen."

Ich schlage seine Hände weg. „Was heißt das?"

Er wendet sich ab und fährt sich mit den Fingern durch seine blonden Haare, wodurch sie in neue Richtungen abstehen. „Ein Kompromiss. Es heißt, dass ich versuchen werde, einen Kompromiss mit dir zu finden. Okay?" Er klingt erschöpft.

Der Kampfwille verlässt mich und ich bin plötzlich hundemüde. Es ist spät – vermutlich nach Mitternacht und ich hatte einen überwältigenden Tag. „Ich werde duschen und dann ins Bett gehen", murmle ich.

Er dreht sich um und betrachtet mich mit diesem intensiven Traktorstrahl. „Yeah. Okay. Du kannst das Schlafzimmer nehmen. Ich werde hier draußen schlafen." Er schwenkt eine Hand zu dem winzigen Wohnzimmer.

Ich nicke. Niedergeschlagenheit liegt schwer auf meinen Schultern, obwohl ich nicht weiß warum. Sam hat zugestimmt, einen Kompromiss zu finden. Das ist das

Beste, auf das ich unter den Umständen hoffen konnte. Es ist eher so, als würde ich das Gewicht auf *seinen* Schultern fühlen, aber das macht keinen Sinn. Ich fühle mich zugegebenermaßen zu dem gequälten jungen Mann, der auf Rache aus ist, hingezogen. Aber tatsächlich seine Gefühle zu empfinden, das ist... unmöglich.

Aber andererseits hätte ich noch gestern geschworen, dass es auch unmöglich ist, sich von einem Wolf in einen Menschen zu verwandeln.

Ich schiebe es beiseite und gehe in die Dusche. Als ich das Wasser ausschalte, finde ich ein ordentlich gefaltetes T-Shirt und Boxerbriefs auf dem Waschtisch vor. Ja, auf dem Waschtisch, auf dem mich Sam noch vor einer Stunde festgeklebt hatte. Zu wissen, dass er noch einmal im Bad war, während ich duschte, sollte mich nicht so sehr erregen, aber das tut es. Genauso wie die Aufmerksamkeit, die er zeigte, indem er mir seine Kleider hierließ.

Ich ziehe das weiche T-Shirt und Boxerbriefs an und fühle mich eigenartig umsorgt. Ich habe das in letzter Zeit selbst sträflich vernachlässigt und es ist schön. Ich kenne Sam erst einen Tag, aber unsere Verbindung festigt sich mit jeder Minute, die vergeht.

Als ich aus dem Bad komme, finde ich Sam vor seinem Laptop, wo er die Informationen mit schnellen Wischbewegungen seiner Finger überfliegt.

„Ähm, danke für die Klamotten."

Er dreht sich um und muss dann ein zweites Mal hinschauen, wobei sein Blick über meine Brüste huscht. Ohne BH drücken sich meine Brustwarzen gegen den dünnen Stoff seines T-Shirts. Sie werden unter seinem forschenden Blick hart.

66

Er gibt ein ersticktes Lachen von sich. „Sieht anders an dir aus."

Meine Lippen zucken. Ich liebe es irgendwie, wenn er so verlegen wird. Liebe es, zu wissen, dass ich das verursacht habe. „Gute Nacht, Sam."

Er nickt ernst. Als ich wegzulaufen beginne, ruft er mir hinterher: „Schließ deine Tür ab."

Ich halte inne. „Warum?"

„Um mich auszusperren." In seinem harschen Tonfall schwingt eine dunkle Warnung mit.

Ein Schauder der Erregung durchfährt mich.

Ich hatte viele Menschen, Layne. Aber keine, die mich so die Kontrolle hat verlieren lassen, wie du es tust.

Ich sollte mich nicht so sehr von der Tatsache geschmeichelt fühlen, dass mein Leben in Gefahr ist.

Aber das tue ich absolut.

KAPITEL VIER

L ayne

ICH REGE mich in der Dunkelheit. Ich bin mir nicht sicher, was mich aufgeweckt hat – irgendeine Art von Tierlaut.

Da. Ich höre es wieder. Es ist ein Knurren. Ein *wölfi- sches* Knurren.

Wo ich bin und was passiert, strömt auf mich ein. Ich schlage die Decke zurück und steige aus dem Bett, als würde mein Körper von einer unsichtbaren Kraft nach vorne gezwungen.

Ich entriegele die Tür, bevor mir Sams Warnung wieder einfällt.

Ich könnte dich verletzen, Layne.

Ich glaube es nicht. Ja, ich sehe, dass ein Kampf in ihm tobt, aber ich kann nicht glauben, dass er mir wehtun würde. Nicht, wenn er sich so sehr darum bemüht, mich zu beschützen.

Ein leises, fortwährendes Knurren dringt aus dem abgedunkelten Wohnzimmer. Ich tapse barfuß durch den schmalen Gang und bleibe wie angewurzelt stehen, während sich mein Herz zusammenzieht.

Sam schläft auf der Couch – wenn man es denn schlafen nennen kann. Er hat offensichtlich einen Alptraum. Seine Zähne sind gebleckt und seine Füße zappeln, als würde er rennen.

„Sam?" Ich gehe zum Sofa und stelle mich über ihn.

Er hört mich nicht und wacht auch nicht auf. Sein Kopf wirft sich von einer Seite zur anderen und seine Finger ballen sich zu einer Faust.

Ich lege meine Handfläche auf seine Brust und probiere es erneut. „Sam?"

„Mmm." Seine Atmung beruhigt sich. Er bedeckt meine Hand mit seiner und holt tief Luft, wobei sich seine muskulöse Brust hebt und ausdehnt.

Zufrieden, dass ich seinen Alptraum unterbrochen habe, ziehe ich meine Hand unter seiner hervor, doch er wird sofort wieder ruhelos.

Ich ziehe meine Unterlippe durch meine Zähne und ringe mit mir. Soll ich ihn aufwecken?

Er tritt mit einem Bein aus und gibt ein unheimliches Fauchen von sich. Schweiß perlt sich auf seiner Stirn.

„Sam."

Seine Hand schnellt in meine Richtung und packt meinen Oberarm. Er brummelt etwas, das ich nicht verstehen kann, und seine Lider flattern über schnellen Augenbewegungen.

„Sam, du träumst."

Er gibt einen verwundeten Laut von sich und zerrt mich nach vorne, bis ich auf ihn falle und mein Körper auf dem Sofa auf seinem ausgebreitet ist.

Sein ganzer Körper erschaudert und entspannt sich, seine Atmung beruhigt sich. Seine Arme schlingen sich um mich. Er ist kein riesiger Mann, aber verflixt, er ist stark. Ich kann mich nicht mehr als einen Zentimeter in jede Richtung bewegen. Ich winde mich, da ich mir sicher bin, dass das Gewicht meines Körpers und meine Bewegungen ihn aufwecken werden, aber das tun sie nicht.

Ich lege meinen Kopf auf seine Brust, nicht weil ich vorhabe, den Rest der Nacht auf ihm zu bleiben, nur weil es einfach zu einladend ist, um zu widerstehen.

Sowie mein Kopf unter seinem Kinn ruht, entspannt sich mein eigener Körper. Der Klang seines Herzschlags unter meinem Ohr beruhigt mich wie ein Baby, das auf der Brust seiner Mutter schläft.

Sam murmelt wieder etwas und ich meine, meinen Namen herauszuhören, aber ich kann mir nicht sicher sein.

„Was war das?", frage ich.

Keine Antwort.

Ich winde mich erneut und teste seinen Griff um mich, aber ich werde nach wie vor von den Stahlbändern seiner Arme gefangen gehalten.

Na schön.

Ich werde einfach hier dösen, bis er sie bewegt. Er wird sicherlich bald aufwachen und realisieren, was er getan hat.

~.~

Sam

ICH TAUCHE *aus der Grube auf, die mich verschluckt und lebendig begraben hat. Die Dunkelheit hebt sich, die Sonne leuchtet warm. Ich renne über eine Wiese, jage ein anderes Tier. Nein, kein Tier. Eine Frau. Layne.*

Sie lacht, ihre langen, glatten Haare flattern wie ein Vorhang hinter ihr. Sie dreht sich, um zu mir zurückzuschauen und sich zu vergewissern, dass ich ihr folge, und ich lache, bin kein Wolf mehr. Ich fange sie um die Taille ein, wirble sie durch die Luft und lasse die warmen Sonnenstrahlen auf uns beide scheinen. Wir fallen auf die sanft blühende Erde. Ich liege auf meinem Rücken und sie auf mir. Ihre Beine öffnen sich und sie setzt sich rittlings auf meine Hüften.

Der weiche, warme Glücksmoment nimmt eine andere Tönung an. Eine sehr viel heißere. Ihre beerenfarbigen Lippen öffnen sich, als sie ihren Mund auf meinen drückt.

Ich stoße mich gegen die Stelle zwischen ihren Schenkeln, packe ihren Hintern mit beiden Händen und ziehe ihre Hüften nach unten auf meine.

Sie lässt ein leises Wimmern verlauten und das macht meinen Schwanz steinhart. Meine Hüften rucken nach oben, während ich ihre Hitze über die harte Erhebung meines Schwanzes in meiner Jeans reibe.

Sie trug ein Kleid, doch jetzt hat es sich in Boxerbriefs

verwandelt. Ich lasse meine Hand in diese gleiten, um ihren nackten Po zu drücken.

Ein Sonnenstrahl scheint mir direkt in die Augen und ich blinzle.

Und huste.

Kein Traum.

Layne befindet sich in der Tat auf mir und meine Hände sind in ihren Shorts. Licht scheint durch ein Fenster in das Mobilheim.

Sie stemmt sich gegen meine Brust, als würde sie versuchen, von mir wegzukommen.

Ich zucke unter ihr, als befände ich mich noch immer in einem Traum, in dem mein Körper nicht darauf hört, was mein Gehirn befiehlt. Ich scheine sie nicht freigeben zu können. Tatsächlich spannen sich meine Hände an ihrem Hintern an und drücken die prallen Backen auf die vorstellbar besitzergreifendste Art.

„*Sam.*"

Wie lange sagt sie meinen Namen schon?

Ich halte sie gefangen und stoße abermals nach oben, hilflos und unfähig, mich zu stoppen.

Ihr Atem stockt und – Schicksal hilf mir – sie reibt sich an mir. Ihre Wangen sind vom Schlaf gerötet und ihre langen Haare hängen um ihr Gesicht.

Hat sie sich hier ausgeruht? Wie in aller Welt ist das passiert?

„Fuck, Layne", stöhne ich. „Du fühlst dich so gut an. Ich versuche ja, dich loszulassen, aber ich kann einfach nicht." Noch ein Stoß. Ich lasse meine Finger tiefer und zwischen ihre Beine wandern.

Gottverdammt. Sie ist feucht für mich. Ich meine, *wirklich* feucht.

„Hübsche Layne. Meine sexy Wissenschaftlerin", summe ich.

Sie drückt gegen meine Brust und ihren Rücken durch, bis sie breitbeinig auf mir sitzt. Ich erhalte einen ehrfurchtgebietenden Blick auf ihre runden Brüste in meinem T-Shirt, der fast verführerisch genug ist, um eine Hand von ihrem Hintern zu nehmen, nur um sie zu umfangen.

Doch nein. Nicht, wenn ich sie *direkt hier* habe. Ich stoße wieder nach oben. Ihre feuchte Hitze reibt über meinen verzweifelten Schwanz.

Und sie *reibt* sich an mir. Es sind nicht nur meine Hände, die sie bewegen, sondern sie lässt auch ihr Becken kreisen und reibt mit ihrer Klit über meine Beule.

Ich kann sie nicht vögeln. Ich *kann nicht.*

Ich werde mich mit dem nächstbesten zufriedengeben müssen. Von ihr zu kosten. Mein lustgesteuertes Gehirn kann nicht herausfinden, wie ich ihr die Boxerbriefs ausziehen und sie gleichzeitig auf mir behalten kann und das macht mich irre. Ich packe ihre Taille, hebe sie hoch und schiebe sie nach oben auf mein Gesicht. Dann reiße ich den Schritt der Boxerbriefs am Saum auf.

Sie keucht, aber wehrt sich nicht.

Sie will das hier.

Das erregt mich mehr als alles andere. Treibt mich an. Ich brenne darauf, ihr Lust zu verschaffen und sie zu befriedigen.

Mein Wolf *muss* sie befriedigen.

Ich lecke über den Saum ihrer Pussy und öffne sie. Ihr antwortendes Stöhnen lässt meinen Schwanz so hart werden, dass ich mir sicher bin, dass er abbrechen wird. Sie windet sich auf meinem Gesicht, während ich ihre Klit mit der Zunge verwöhne. Ich halte ihre Hüften fest, während ich an ihren Schamlippen lecke und knabbere, sie mit meiner steifen Zunge penetriere.

Ihre Innenschenkel packen meinen Kopf und deren Zittern steigert noch mein eigenes brennendes Verlangen. Ich sauge an ihrer Klit, woraufhin sie schreit und mich ihre Schenkel noch fester drücken. Ich mache weiter und sie schreit, schreit und schreit. Kommt, kommt und kommt.

„Sam, Sam, bitte!"

Schließlich erlöse ich sie von meinen Zungenschlägen und sie fällt nach vorne, um sich erschöpft an der Sofalehne abzufangen.

Irgendetwas in mir zerreißt. Die Kontrolle, an der ich festgehalten habe, indem ich mir eingeredet habe, dass es okay sei, ihr Lust zu schenken und einfach keine zu nehmen, löst sich in Wohlgefallen auf. Im Nu bin ich auf ihr.

Wir sind auf dem Sofa, dann dem Boden. Ich habe sie nach unten gedrückt, meinen Schwanz rausgeholt und bin bereit.

Sie sieht hoch in mein Gesicht und schreit.

Nicht das heißere Schreien der Lust, mit dem sie mich gerade verwöhnt hat, sondern ein Schrei reiner Panik.

Ihre Arme schießen in die Höhe, um mich abzuwehren. Sie drückt ihre beiden Handballen gegen meine Kehle.

Überraschung erstickt das Knurren, von dem ich nicht realisiert hatte, dass ich es von mir gab. Ich werfe mich zur Seite und von ihrem Körper.

Fuck.

Fuck, fuck, fuck!

Ich habe die Kontrolle verloren. Sie muss die Fangzähne gesehen und gedacht haben, dass ich sie töten würde. Was tatsächlich passieren könnte. Mein Wolf würde sie nicht absichtlich verletzen wollen, aber ein Paarungsbiss könnte für einen Menschen tödlich sein. *Fuck, ich muss vorsichtig sein.*

Ich versuche den Wolf zurückzudrängen, aber er ist bereits wahnsinnig vor Lust. Stattdessen verwandle ich mich vollständig und zerreiße meine Kleider an den Nähten.

Raus.

Raus.

Ich muss von hier verschwinden, bevor ich ihr wehtue.

Muss rennen. Fliehen.

Ich springe zur Tür, aber ich kann sie nicht öffnen. Anders als in Jacksons Haus, wo ich die letzten zehn Jahre lebte, gibt es hier keine Hundeklappe. Ich renne im Zimmer im Kreis und meine Hinterbeine kratzen über die Wände.

Fenster.

Ich mache einen Satz, zerbreche das Glas und segle nach draußen.

Meine Beine schlagen einen Pfad, der von dem Mobilheim weg, direkt in die Berge und Wälder führt.

KAPITEL FÜNF

Layne

WAS. Zur Hölle. Ist. Gerade passiert?

Ich rapple mich langsam vom Boden auf, wobei meine Glieder so heftig zittern, dass ich mir nicht sicher bin, ob sie mich tragen werden.

Glas liegt überall um das Fenster herum und ich bin barfuß, weshalb ich zurückweiche, bis mein Hintern auf das Sofa trifft.

In der einen Minute verwöhnte Sam mich, in der nächsten war ich mit dem Rücken auf dem Boden.

Nein, warte. Das war nicht der verstörende Teil. Der Teil war tatsächlich super heiß.

Aber dann wurden seine Augen gelb und er hatte Fangzähne. Er gab schreckliche Knurrlaute von sich. Ich dachte, ich wäre in Gefahr. Er muss das auch gedacht haben, denn sonst wäre er nicht einfach so aus dem Fenster gesprungen.

Ich weiß nicht, wie lange ich auf der Couch sitze. Nach einer Weile gebe ich mir einen Ruck und stehe auf.

Sam ist gegangen. Vielleicht ist das ein Zeichen. Nicht, dass ich an Zeichen glaube – ich bin Wissenschaftlerin. Aber trotzdem. Ich habe jetzt die Gelegenheit, mir meine Forschung zu schnappen und mich aus dem Staub zu machen. Sam versprach mir einen Kompromiss, aber ich brauche diese Forschung und ich kann mich nicht darauf verlassen, dass er sie mir freiwillig überlässt.

Es mag zu spät sein, um meine eigene Erkrankung aufzuhalten, aber ich weiß, dass meine Forschung Leben retten kann. Ich brauche nur mehr Zeit, um daran zu arbeiten. Jetzt da ich weiß, wo die Zellen herkommen, kann ich herausfinden, wie man es auf Menschen übertragen kann. *Es wird funktionieren.*

Ich springe auf und renne zu der Computerstation, wo Sam die Festplatte aufbewahrt. Unfassbar, er hat sie einfach hier liegen lassen. Ich nehme sie an mich und gehe auf Zehenspitzen durch das Glas. In der Tasche von Sams zerrissener Jeans finde ich die Schlüssel zum Van. Ich habe keine Zeit, mich anzuziehen, weshalb ich einfach meine Füße in meine Ballerinas schiebe, mir meine Handtasche schnappe und so rausgehe, wie ich gekleidet bin – in einem durchsichtigen T-Shirt und einem Paar Männer-Boxerbriefs, die am Schritt aufgerissen sind.

Verzweifelte Zeiten.

Ich trete nach draußen, renne zum Van und fummle an den Schlüsseln herum. Als ich schließlich in das Fahrzeug klettere und es anlasse, hat sich etwas Kaltes und Hartes in meinem Magen geformt. Etwas wie Grauen, aber es steckt keine Furcht dahinter. Es sind Schuldgefühle.

Ich sitze mehrere lange Sekunden hinter dem Lenkrad und bewege mich nicht. Zu gehen, kommt mir falsch vor.

Sam zu verlassen, kommt mir falsch vor.

Er braucht mich.

Nein, dass ergibt keinen Sinn. Warum sollte ich denken, dass *Sam mich* braucht? Er ist derjenige, der mich entführt und meine Forschung gestohlen hat. Er ist derjenige mit der Fähigkeit, innerhalb von Stunden von Schusswunden zu genesen.

Wie könnte er mich brauchen?

Und dennoch weiß ich mit absoluter Sicherheit, dass er es tut. Und dass ihn zu verlassen, ein Verrat des zarten Vertrauens ist, das sich zwischen uns aufzubauen beginnt.

Doch dann fällt mir die Festplatte ins Auge, die ich auf das Armaturenbrett gelegt habe.

Denk an deine Forschung – sie könnte so viele Leben retten.

Ich lege den Gang ein und beginne, loszufahren. Ich bin gerade mal fünfzehn Meter die Einfahrt hinab gefahren, als ein verschwommener Fleck schwarzen Fells direkt vor den Van springt. Ich bremse, aber nicht bevor einhundertachtzig Pfund Wolf gegen die Windschutzscheibe krachen.

„Sam", kreische ich. *Oh Gott, oh Gott, oh Gott.* Bitte mach, dass er nicht verletzt ist. Ich vergesse einen Augenblick, dass das unwahrscheinlich ist. Ich packe den Türgriff.

Bevor ich die Tür aufstoßen kann, wird sie aus den Angeln gerissen. Sam steht dort in seiner nackten Pracht und mit finsterer Miene. „Wohin gehst du, Layne?" Er ist nicht einmal außer Atem. Er blickt auf das Armaturenbrett und sieht die Festplatte.

Wir greifen gleichzeitig danach, aber er ist so schnell, dass seine Hand vor meinen Augen verschwimmt. Er zerquetscht sie in seiner Faust und die Plastikteile fallen als nutzlose Splitter auf den Boden.

„Sam –"

Er zieht mich aus dem Van, doch meine Füße berühren nie den Boden. Stattdessen werde ich über seine Schulter geworfen.

„Sam!" Ein Kichern sprudelt in meiner Kehle auf, aber ich bin klug genug, es zu unterdrücken. Ich schlinge meine Arme um seine Taille, um mich zu stabilisieren. Ich habe einen erstklassigen Platz für die wundervolle Show seiner Pobacken, die sich anspannen und entspannen, während er läuft. Sein vernarbter und muskulöser Körper bewegt sich mit raubtierhafter Eleganz. Ich war nie eine Frau, die Männern hinterherglotzt, aber er hätte den Seiten eines Feuerwehrmannkalenders entstiegen sein können.

Er trägt mich zurück in das Mobilheim und setzt mich in der Nähe des Sofas ab. Eine halbe Sekunde später ist mein Oberkörper über die Sofalehne gebeugt und mein Slip – ich meine, seine zerrissene Boxerbrief – ist unten und baumelt um meine Schenkel.

Sam schlägt mir auf den Hintern, hart.

„Autsch!"

Seine Hand lässt sich auf der schmerzenden Backe nieder und er drückt sie langsam und bedacht.

Etwas in der Luft um uns verändert und verschiebt sich. Sein Zorn wird zu etwas Dunklerem. Sexuellerem.

Meine Verwirrung legt sich. Ich kenne dieses Spiel. Er hat es zuvor schon gespielt und ich *liebte*, wie es endete. Doch was wird seinen Wolf daran hindern, wieder hervorzukommen und mich anzugreifen? Vor allem, wenn er wütend ist.

Er schlägt mich erneut, nicht so hart, wie beim ersten Mal. Er lässt ein halbes Dutzend schneller, fester Hiebe abwechselnd auf meine Pobacken regnen.

Meine Pussy wird feucht, da die strafenden Berührungen alles unterhalb meiner Taille stimulieren.

Sam atmet tief durch seine Nasenlöcher ein und seine Hand schiebt sich nach vorne, um meine Kehle zu packen. Er zieht meinen Oberkörper nach oben und taucht die Finger seiner anderen Hand zwischen meine Beine. „Jemandem hat sein Spanking gefallen." Seine Stimme ist rau und leise. Ich werde eingelullt von dem Versprechen auf Sex. Auf Befriedigung. Dieser Mann weiß meinen Körper wie ein *Maestro* zu spielen.

Und seine Aussage lässt sich nicht leugnen. Der Beweis befindet sich zwischen meinen Beinen, glitschig und feucht.

Ein tiefes Knurren vibriert in seiner Kehle, doch es schwingt eine gewisse Befriedigung darin – es klingt eher wie ein Schnurren, falls es Wölfen möglich ist, zu schnurren.

„Du hast den besten Hintern für ein Spanking, Layne." Er massiert meine kribbelnden Pobacken und knetet mein Fleisch mit groben Händen. „In der Welt der Wölfe wird Ungehorsam bestraft." Noch ein Schlag.

„Nun, was hätte ich denn tun sollen?", protestiere ich ohne viel Feuer dahinter. „Du bist gegangen."

Er schlägt mir drei weitere Male auf den Po. „Ich habe mein Bestes getan, dich zu *beschützen*. Und du hast dich vom Acker gemacht."

Ich greife nach hinten, um meinen Hintern zu verdecken. Er fixiert mein Handgelenk hinter meinem Rücken und schlägt erneut zu.

„Es tut mir leid, Sam." Ich denke mir, dass ich nicht in der Position bin, weiterhin Kontra zu geben. Ich entscheide mich für die Wahrheit. „Ich hatte Angst."

Er zieht mich sofort hoch und dreht mich um. Anschließend umfängt er mein Gesicht mit beiden Händen. „Layne. Süße. Ich will nicht, dass du jemals Angst vor mir hast. *Niemals*." Das letzte Wort ist ein Knurren. „Es tut mir leid." Kummer überschwemmt sein Gesicht und seine gequälten blauen Augen wirken wieder uralt. Er lehnt seine Stirn an meine. Ich bin mir seines nackten Körpers, der meinem so nah ist, wahnsinnig bewusst, denn die Spitze seines steifen Gliedes streicht über meine nackte Pussy. Ich blicke nach unten und er zieht rasch meine zerrissenen Boxerbriefs zurück an Ort und Stelle.

„Ich werde meinen Schwanz von dir fernhalten. Ich weiß nicht, wie das passiert ist. Warum warst du überhaupt auf der Couch? Habe ich dir nicht gesagt, dass du die Tür abschließen sollst?"

„Du hattest einen Alptraum."

Er drückt seine Augen zu. „Das passiert jede Minute jeder Nacht." Es liegt Niedergeschlagenheit in seiner Stimme. „Und ich wäre *besonders* gefährlich, wenn du mich in so einem Moment aufweckst."

Ich schüttle stur den Kopf. Ich beruhigte seinen Alptraum. Ich weiß, dass ich das tat.

Seine Stirn ruht wieder an meiner. „Es war lieb von dir, dass du dir Sorgen um mich gemacht hast." Seine Lippen sind nah. Ich will, dass er mich noch einmal küsst, so wie letzte Nacht. Ich bin durcheinander und gestresst und das Einzige, das Sinn zu ergeben scheint, ist, wie ich mich bei seinen Berührungen fühle. „Willst du, dass ich dein Spanking zu Ende bringe?", murmelt er an meinen Lippen.

„Aber was, wenn du die Kontrolle verlierst?" Ich muss das fragen.

Er dreht mich langsam um. „Ich werde sie nicht verlieren. Ich verspreche es."

„Wie kannst du dir so sicher sein?", flüstere ich. Es entsteht ein Moment der Stille und es tut mir leid, dass ich gefragt habe. Ich will das Spanking. Will, was danach kommt.

„Die Kontrolle zu verlieren, bedeutet, dich zu verlieren." Seine Stimme ist angespannt. „Mein Wolf hat dich fortfahren sehen. Das wird er nicht noch einmal riskieren."

Ich bin mir nicht sicher, ob seine Hypothese einer gründlichen Überprüfung standhalten würde, aber ich bin gewillt, sie für den Moment zu akzeptieren.

Er massiert meinen Hintern durch die Boxerbriefs. „Sag mir, was du willst, Süße."

Ich bin froh, dass ich von ihm abgewandt bin, denn meine Wangen brennen. „Du weißt es", murmle ich.

„Tue ich das?" Das Schnurren kehrt in seine Stimme zurück. „Mehr Hiebe? Dir gefällt es auch, in deiner Bewegung eingeschränkt zu werden, stimmt's?" Er fixiert meine beiden Handgelenke mit einer Hand hinter meinem Rücken.

Meine Pussy zieht sich zusammen. Jepp. Mir gefällt es definitiv, eingeschränkt zu werden.

Er zieht die Boxerbriefs ein weiteres Mal nach unten. „Wärst du meine Gefährtin, würde ich dir jede Nacht den Hintern versohlen." Er schlägt hart auf meinen Hintern, dann reibt er das Brennen weg.

„Warum?", protestiere ich. Es ist lächerlich, aber das körperliche Bestrafungsding stört mich weniger als die Aussage, dass ich eine brauchen könnte. Ich bin immerhin ein braves Mädchen. Ich habe mein ganzes Leben lang das brave Mädchen gespielt. Ich hatte eine kranke Mutter, als ich ein Kind war, und ich kompensierte das, indem ich schwer schuftete und fleißig lernte.

Dann wurde ich selbst krank.

Also nein, ich hatte nie Zeit *ungehorsam* zu sein.

„Weil dein Arsch einfach so *einladend* ist."

Ah. Diese Vorstellung gefällt mir sehr viel besser als die, bei der ich ein Spanking bekomme, weil ich es verdient habe. Er verpasst mir noch einen Hieb und ein Luftschwall kommt über meine Lippen – halb Kichern, halb Stöhnen.

„Wärst du meine Gefährtin, würde ich dich ans Bett fesseln, alle viere von dir gestreckt, und ich würde dich immer wieder zum Kommen bringen, bis du mich anflehen würdest, aufzuhören."

Der Schauder, der mich durchläuft, ist von tsunami-schem Ausmaß. Ist das überhaupt ein Wort? Meine Pussy verkrampft sich, meine Pobacken pressen sich zusammen.

Sam lacht und versetzt mir zwei schnelle Schläge. Er

drückt meinen Oberkörper tiefer, neigt meine Hüften nach oben und penetriert mich mit seinen Fingern.

Ich trete mit den Beinen, da ich sofort unbedingt mehr will.

Er pumpt seine Finger rein und raus.

„Bitte", flehe ich.

Er dreht seine Finger, schiebt sie in einem anderen Winkel in mich – *oh Herrgott* – und stellt wieder Kontakt mit meinem G-Punkt her.

Ich kreische, als elektrische Ströme durch all meine Adern schießen. Meine Beine sacken unter mir weg. Sam stößt seine Finger rein und raus und trifft die magische Stelle jedes. Einzelne. Mal.

Alle möglichen verrückten Laute kommen aus meinem Mund, als wäre ich das Tier, nicht er.

„B-bitte. Bitte!"

Sein Daumen schiebt sich zwischen meine Pobacken und ich winde mich, peinlich berührt, doch er hält mich fest. Er findet die Runzeln meines Anus und drückt sanft dagegen, während er seine Finger vor und zurück bewegt. „Komm für mich, Layne. Los mach schon. Lass los."

Ich schreie in die Sofakissen und er drückt sich in mich, bis seine Knöchel über meine Klit reiben. Meine Muskeln kontrahieren um seine Finger und meine Füße treten in der Luft um sich, während ich komme und komme und komme.

Und noch mehr komme.

Es ist lächerlich, was für einen großen Höhepunkt er mir entlockt, nur indem er seine Finger benutzt. Es scheint nicht möglich zu sein.

Ich breche zusammen, zitternd und schwach. Vollkommen verbraucht.

Sam zieht seine Finger vorsichtig aus mir und küsst meine Kehrseite. Er neigt mich nach oben und dreht mich um. Ich ziehe die Boxerbriefs hoch, bevor er mich hochhebt, um mich auf die Armlehne des Sofas zu setzen. „Bleib hier", befiehlt er. „Ich werde die Glasscherben auffegen."

Ich hüpfe vom Sofa. „Ich muss kurz auf die Toilette."

Seinen Lippen zucken und er hebt mich wie ein Kind auf seine Hüfte und läuft über das zerbrochene Glas. Ich setze zum Protest an, bis mir einfällt, wie schnell er sich regeneriert.

Er setzt mich im Badezimmer ab, dem Ort unserer ersten Eskapade.

Meine Finger zittern, als ich die Tür schließe.

Ich weiß nicht, was zur Hölle mit mir passiert. Ich habe mir eingeredet, dass es nur ein wenig Lust war. Etwas, das ich mir selbst normalerweise niemals erlauben würde. Aber ich weiß, dass das eine Lüge ist. Ich bin dabei, mich in Sam zu verlieben. Einen Werwolf. Einen Gestaltwandler. Jemanden, den ich nicht haben kann.

Selbst, wenn ich nicht am Sterben wäre.

~.~

Sam

. . .

Es GELINGT MIR, meinen schmerzenden Schwanz in ein Paar Jeanshosen zu stopfen und ein T-Shirt anzuziehen. Ich muss Layne auch Kleider zum Anziehen besorgen.

Es stimmt, was ich ihr erzählte.

Mein Wolf ist durchgedreht, weil sie weggefahren ist. Und dann hat er sich weit weg zurückgezogen.

Aber ich drücke dennoch meine nackten Füße auf die Scherben, während ich sie zusammenkehre, da ich den Schmerz der winzigen Schnitte spüren möchte. Ihn verdiene.

Ich kann nicht fassen, dass ich Layne beinahe markiert habe. Ihr eine Scheißangst eingejagt habe. Sie verdient das nicht. Sie verdient definitiv nicht die starke Dosis Wahnsinn, den ich zu jeder Zeit mit mir herumschleppe und der nie weit weg ist. Das kann ich nicht in ihr Leben bringen.

Aber ich kann auch nicht sagen, dass sie ohne mich besser dran wäre. Hätte ich Data-X nicht gefunden, wäre es nur eine Frage der Zeit gewesen, bevor sie entweder auch an ihr Experimente durchgeführt oder sie getötet hätten.

Ich weiß, wie Smyth arbeitet.

Mein Wegwerfhandy klingelt und ich werfe einen Blick auf das Display. Kylie, Jacksons Gefährtin.

Ich gehe dran. „Ja, ich lebe noch."

„Nun, das hättest du mir ruhig etwas eher mitteilen können. Meme hat sich Sorgen gemacht und ich auch. Ich würde ja nach Kalifornien gehen, um dich zu suchen, wenn ich kein *Neugeborenes* hätte, um das ich mich kümmern muss. Was zum Henker?"

Es gefiel mir nicht, als Jackson sich für die Menschen-frau interessierte. Nicht weil es mein gemütliches Heimleben störte, bei dem ich von Jackson schmarotze, einem Multimillionär, meinem Alpha und einzigem Freund. Nur weil ich Angst hatte, dass sie Ärger bedeuten würde, und sich Menschen und Gestaltwandler eigentlich nicht mischen.

Aber wie sich herausstellte, trug sie Gestaltwandlerblut in sich, und als sie mit Jacksons Welpen schwanger wurde, gab das Baby ihrem Körper, was auch immer er brauchte, um verstehen zu können, wie man sich verwandelt.

Ich wette, Smyth würde das liebend gerne untersuchen.

Laurie, einer der anderen Gefangenen im Labor, hatte eine Theorie über Smyth. Dass er ein Defekter war – ein Gestaltwandler, der sich nicht verwandeln konnte – und dass er deswegen so von der Gestaltwandlerforschung besessen war.

„Ich habe noch ein Labor gefunden. Dieses Mal das Labor, in dem die Daten verarbeitet werden." Kylie half mir vor ein paar Monaten zu der Einrichtung in Utah zu gelangen, wo sie Experimente durchführten. Ein Labor, das ich in die Luft jagte, nachdem ich es durchsucht hatte.

„Bist du deswegen dort? Hast du es zerstört?"

„Noch nicht." Ich bereue den Deal, den ich mit Layne ausgehandelt habe, beinahe, aber das Problem kann korrigiert werden. „Ich habe die Daten gestohlen und ihre Server plattgemacht. Oh, und ich habe einen ihrer Wissenschaftler mitgenommen." Sie würde das vermutlich ohnehin bald selbst rausfinden. Kylie ist eine Informationsbeschaffungsexpertin und wenn ihre Suchbemühungen auf mich konzentriert wären, würde sie die Verbindung zwischen einem fehlenden Wissenschaftler und mir sofort finden.

„*Sam.*"

Ich zucke mit den Achseln, auch wenn sie es nicht sehen kann.

„Warte. Lass mich raten. Es ist eine Frau?"

„Wieso sagst du das?"

„Ihr Wölfe neigt dazu, eure Frauen gefangen zu halten, bevor ihr euch mit ihnen paart."

„Sie ist kein Wolf", brummle ich, während das Wort *Paaren* wie eine Bowlingkugel durch meinen Kopf poltert, die Bowlingpins umstößt. Aber Kylie hat recht. Wäre Layne ein Wolf, hätte ich sie bereits vor zwölf Stunden für immer als die Meine markiert. Aber das ist nur ein Zeichen dafür, dass mein Wolf beschädigt ist. Warum sonst sollte er einen Menschen wählen? Und noch dazu einen Menschen von Data-X. Während meiner Pubertät Folter aushalten zu müssen, hatte mich wahrscheinlich auf die falsche Sache geprägt.

„Ich bin auch kein Wolf", erinnert mich Kylie.

„Ich meine, sie ist kein Gestaltwandler", sage ich, aber da fällt mir der Leitwolf des Tucson Rudels, Garrett, ein, der eine Menschenfrau entführt und zu seiner Gefährtin gemacht hat. „Eine Paarung ist keine Möglichkeit." So viel ist sicher. Ich klinge barscher, als ich beabsichtige, aber nur weil mich die Vorstellung, dass Layne *nicht* meine Gefährtin sein kann, stinksauer macht. „Hör zu, ich könnte etwas Hilfe gebrauchen. Ich habe einige Daten von Gestaltwandlern, an denen experimentiert wurde. Kannst du mir helfen, sie zu lokalisieren?"

„Klar. Schick mir die Informationen."

„Ich habe die Daten auf den CG Server hochgeladen. Ich versuche, irgendetwas zu finden, das mich zu Smyth führen wird. Oh, und Kylie? Zwei Dinge. Erstens – ich glaube, dass die Regierung irgendwie in das Ganze involviert sein könnte. Smyth war ein Militärarzt. Ich fand Fotos von ihm in Uniform mit dem Löwengestaltwandler, den Tank aus der Einrichtung in Utah befreit hat. Das würde die Finanzierung und die starken Sicherheitsmaßnahmen erklären. Und zweitens – Santiago war dort. Erzähl es Garrett, er wird es wissen wollen."

Santiago ist der Gestaltwandler, der für die Entführung von Garretts Schwester verantwortlich war. Unser Rudel und das Rudel seines Schwagers in Mexiko sind auf der Jagd nach ihm.

„Okay. Ich melde mich. Antworte beim nächsten Mal auf meine Nachrichten, okay?"

„Ich werde es versuchen", murmle ich und lege auf.

Obwohl mir meine Sinne bereits verraten haben, dass Layne den Raum betreten hat, erstarre ich beim Anblick ihrer Schönheit, als ich mich umdrehe. Rabenschwarze Haare und glatte, blasse Haut. Sie ist schöner als jede Darstellung von Schneewittchen, die ich jemals gesehen habe. Sie trägt wieder ihr Kleid von gestern. Mich daran zu erinnern, wie ich es nach oben über ihre Brüste zog und zum ersten Mal ihre prallen Kugeln entdeckte, veranlasst meine bereits blauen Eier dazu, sich zusammenzuziehen.

Sie räuspert sich. „Wer war das?"

Ich bin verwirrt von der misstrauischen Haltung ihrer Schultern und wie sie den Atem anzuhalten scheint. Und dann wird es mir klar. Sie hat eine Frauenstimme gehört.

Sie ist *eifersüchtig.*

Diese Erkenntnis sollte mich nicht so überglücklich

machen, aber das tut sie. Ich wachse auf ungefähr drei Meter und meine Brust bläht sich auf.

„Die Gefährtin meines Rudelbruders Jackson."

Ihre Schultern entspannen sich und ihr Kopf kippt zur Seite. „Macht sie das dann nicht zu deiner Rudelschwester?"

Ich zucke mit den Achseln. „Ich schätze schon. Allerdings ist sie kein Wolf, sie ist ein Panther."

Layne verarbeitet das, wobei ihr intelligenter Blick alles zu sehen scheint. „Wo wohnen sie?"

Ich zögere nur eine Sekunde. Ich habe vor Layne nichts zu verbergen; sie ist nicht der Feind. „Tucson."

„Kommst du dort auch her?"

„Ich komme aus einem Reagenzglas in einem Labor." Ich verhehle die Bitterkeit in meiner Stimme nicht. „Jackson fand mich auf einem Berg, nachdem ich Smyths Labor entkommen war, und er nahm mich bei sich auf. Als er nach Tucson zog, bin ich mit ihm umgezogen." Ich war ein gefährlicher, traumatisierter Scheißkerl, aber Jackson ist auch kein Engel. Wir formten eine widerwillige Allianz. Im Grunde genommen ließ er mich in Ruhe, erlaubte mir, von ihm zu schmarotzen, und ich versprach, zu bleiben. Wenn ich rastlos wurde und das Biest die Kontrolle übernahm, rannte ich stets fort. Er spürte mich dann auf und zwang mich, wieder meine Menschengestalt anzunehmen. Zerrte mich zurück zu seinem Haus. Nach einer Weile lernten wir, einander zu vertrauen. Einander den Rücken zu decken.

Sie nickt. „Sam?"

Fuck, in der Art, wie sie unter ihren Wimpern zu mir aufsieht, liegt eine Verletzlichkeit, die meinen Wolf aufspringen lässt, bereit, sie bis zum Tod zu verteidigen. „Ja, Doc?"

„Ich muss zu meinem Apartment."

Ich schüttle den Kopf. „Das kommt nicht infrage. Sie werden dort nach dir suchen." Ich versuche, herauszufinden, was sie braucht. „Wir können irgendwo stoppen und dir Kleider und eine Zahnbürste kaufen. Was auch immer du brauchst."

Sie saugt an ihrer Unterlippe, was mich wünschen lässt, dass es meine Zähne wären, die über dieses pralle Fleisch glitten. „Ich muss zu meinem Apartment", wiederholt sie.

Ich runzle die Stirn und nähere mich ihr, um ihr Kinn zu umfangen. „Erzähl mir warum."

Ihr Puls flattert in der Nähe meiner Finger, ihr Dekolleté hebt und senkt sich. „Ich, äh, muss ein Rezept abholen – für die Pille."

Ich lege meinen Kopf schief, als ich die Unwahrheit rieche. Warum lügt sie? Ich gebe vor, nicht viel Erfahrung mit Frauen zu haben, obwohl ich bis zu diesem Punkt dachte, ich würde Layne verstehen. „Es tut mir leid, ich denke nicht, dass es das wert ist, unser Leben dafür zu riskieren. Du etwa?"

Sie sackt in sich zusammen, aber schüttelt den Kopf. Ich frage sie beinahe, was der wahre Grund ist. Nach dem, was wir durchgemacht haben, hatte ich gehofft, dass wir über Misstrauen hinaus wären.

Aber andererseits, was weiß ich schon über Beziehungen?

Ein großes fettes Nichts.

Und ich sollte besser aufhören, so zu tun, als könnten

wir zusammen sein. Das wird nicht geschehen. Sie hat eine strahlende Zukunft vor sich.

Ich habe nichts in mir übrig außer meinem Rachewunsch.

~.~

Layne

MEINE HÄNDE ZITTERN LEICHT und ich balle sie zu Fäusten. Sam ist am Tisch und arbeitet an seinem Computer, aber ich wende mich ab, damit er es nicht bemerkt. Verstecke meine Symptome, genauso wie meine Mom es immer tat.

Barrington's ist eine langsam fortschreitende Krankheit und die ersten Anzeichen werden leicht übersehen, außer man weiß, worauf man achten muss. Beispielsweise weil man zuschaute, wie ein geliebter Mensch langsam vor den eigenen Augen starb. Meine Mom kannte die Anzeichen nicht, bis sie ein Kind bekommen hatte. Ansonsten hätte sie vielleicht Nachforschungen angestellt und sich dafür entschieden, mich nicht zu bekommen. Ihre Tochter nicht ohne Mutter aufwachsen zu lassen.

Ich brauche meine Medizin. Warum sagte ich das Sam nicht einfach?

Weil ich nicht will, dass das hier endet. Diese *Sache* zwischen Sam und mir. Ich kann nicht einfach in einer

Beziehung sein. Ich werde ihm nicht antun, was meine Mom meinem Dad antat. Aber jetzt, da ich eine Kostprobe hatte, bin ich so egoistisch, das Ganze noch etwas weiter zu treiben.

Es ist doch nicht zu viel verlangt, wenn ich guten Sex möchte, bevor ich sterbe, oder?

Ich laufe zu der kleinen Küche, wobei ich mich um den Tisch schiebe. Sam bewegt keinen Muskel, sein perfektes Gesicht wird von dem Bildschirm beleuchtet. Er ist wirklich hübsch für einen Mann. Eine fast perfekte Knochenstruktur. Und sein muskulöser Körper – makellos. Abgesehen von den Narben.

Ausnahmsweise habe ich in meinem Leben mal etwas anderes als meine Forschung, für das ich leben kann. Ich bin keine Jungfrau – ich habe auf der Highschool und dem College niemanden so richtig gedatet, aber ich tat genug, um Sex von meiner sehr kurzen Wunschliste zu streichen. Doch ich fühlte noch nie das, was ich bei Sam verspüre. Vielleicht sollte ich nicht so für jemanden empfinden, den ich gerade erst kennengelernt habe, aber ich will sehen, wohin das Ganze führt. Nur ein bisschen weiter und dann werde ich mich zurückziehen. Ich werde ihm von Barrington's erzählen. Er hat bereits deutlich gemacht, dass er auch keine Beziehung haben kann, also ist es ja nicht so schlimm.

Bilder flackern über Sams Computerbildschirm.

„Was schaust du dir an?", frage ich, bevor ich mich stoppen kann.

Er pausiert das Video, aber schaut nicht zu mir. „Aufzeichnungen der Data-X Experimente. Das Alphaprojekt."

Ich habe noch nie jemandes Stimme so leer und dennoch so schmerzerfüllt klingen hören.

Ich schlucke. „Darf ich es sehen?"

Er erhebt sich und wartet, bis ich mich auf seinen Platz gesetzt habe. Das Standbild zeigt die Kameraperspektive eines Raumes, in dem sich eine verschwommene Gestalt befindet. Ich packe die Sitzkante und wappne mich, als er auf *Play* drückt.

Ein Mann steht steif in einem kleinen Raum, mit entblößtem Oberkörper und barfuß. So wie die Kamera geneigt ist, kann sie drei Ecken des Raumes einfangen. Es gibt eine Pritsche und nackte Betonwände und den Boden.

Es ist eine Zelle und der Mann in deren Innerem ist ein Gefangener. So wie er sich reglos und gerade hält – sieht er aus wie ein Soldat, der jeden Moment in Aktion treten wird.

„Wer ist das?", frage ich.

„Brian Nash Armstrong. Hört auf den Namen *Nash*. Löwengestaltwandler", murmelt Sam.

Die Tür öffnet sich und die Schultern des Mannes verspannen sich, aber er bewegt sich nicht. Drei Männer in Schwarz betreten den kleinen Raum und richten Waffen auf den halbnackten Mann. Zwei weitere erscheinen und halten eine Frau zwischen sich fest, die eine Art weißes Gewand trägt.

Ich hole scharf Luft, als die zwei Wachen, die Frau nach vorne stoßen und das Kleidungsstück – nicht mehr als ein Laken – zur gleichen Zeit von ihr reißen. Nackt taumelt sie gegen den Mann, der seine Arme um sie schließt und ihr Halt gibt, während sie sich an ihn schmiegt. Ihre dichten, gelbbraunen Haare verstecken ihr

Gesicht, während sie sich an Nashs nackte Brust presst. Er neigt ihren Körper so, dass er sie vor den Männern in Schwarz versteckt. Sein Mund bewegt sich und er sagt etwas, kurz bevor sich die Männer in Schwarz zurückziehen, die Tür schließen und die Frau allein mit ihm lassen.

Sam greift um mich, um den Clip zu stoppen.

„Was war das?" Meine Stimme zittert.

„Das war einer der Zweige des Alphaprojekts. Das Zuchtprogramm." Er tippt auf den Computer und ruft noch ein Video auf. Der gleiche Mann, Nash, ist auf einem Tisch fixiert und Drähte sind mit verschiedenen Stellen seines Körpers verbunden. Der Mann sieht dünner aus, sein Gesicht ist bleich und hager. „Hier ist der andere Zweig."

Die Worte „Belastungstest 173" tauchen auf dem Bildschirm auf und verschwinden eine Sekunde, bevor sich Nashs Körper anspannt und Beben seine Beine durchlaufen, während derjenige, der nicht auf dem Bildschirm zu sehen ist, irgendwelchen Strom durch ihn pumpt. Krallen brechen aus Nashs Knöcheln hervor und Krämpfe schütteln seinen Körper, während sich seine Lippen zu einem stummen Schrei nach hinten ziehen.

„Oh mein Gott." Ich wende mich ab. Sofort schaltet Sam den Clip aus und beugt sich nach unten, um mich auf seinen Schoß zu heben. Ich kuschle mich an ihn, so ähnlich wie diese arme Frau, die sich in der Zelle eines Data-X Labors an Nash klammerte.

Die Zellen des Alphaprojekts. Die Leute wurden gefoltert und gezwungen, sich zu paaren. Was habe ich nur getan?

„Das warst nicht du, Layne", sagt Sam und ich realisiere, dass ich laut gesprochen habe. „Du wusstest es nicht. Es war nicht deine Schuld.“

Ich schiebe meine Hände unter sein Shirt und suche den warmen Trost seines Körpers. Ich zeichne die Narben unter meinen Fingerspitzen nach. Er hält still und erlaubt mir, ihn zu berühren.

„Sie haben dir wehgetan“, wimmere ich.

„Schh“, tröstet er mich. „Es ist alles okay. Das war vor langer Zeit.“ Er schlingt einen Arm um meine Taille. „Du zitterst.“ In Sams Stimme schwingt Schock mit.

Scheiße. Das liegt nicht nur daran, dass ich den Folterclip gesehen habe. Es liegt an Barrington's.

„Ich bin nur... hungrig. Gibt es hier irgendetwas zum Frühstück?“

Sam stößt einen leisen Fluch aus und lässt mich los, ehe er zu den Küchenschränken marschiert. Er flucht erneut, als er die Konservendosen mustert.

„Es ist okay.“ Ich weiß nicht, warum ich ihn beruhigen muss, aber er scheint so aufgebracht zu sein, weil er kein Frühstück für mich hat. „Ich esse normalerweise ohnehin nicht viel zum Frühstück. Nur einen Müsliriegel oder etwas Obst.“

Er wirbelt mit ungläubiger Miene herum. „Du hast dich für diese Forschung halb umgebracht.“

Ich weiche zurück, da die Anschuldigung wehtut.

Schmerz überschattet seine Augen, bevor er wieder flucht und seine Faust auf die Arbeitsplatte donnert. „Komm“, sagt er kurz angebunden, marschiert zu mir und packt meine Hand.

Ich schüttle sie ab. „Nein, mir geht's gut. Ich weiß nicht, warum du so sauer wirst.“

Er stoppt und dreht sich um. Reue gräbt sich in die Linien auf seinem jugendlichen Gesicht. „Ich bin nur wütend auf mich, weil ich deine Bedürfnisse vergessen habe. Und ich bin wütend auf Data-X, dass sie das Leben aus dir gesaugt haben. Bitte. Lass mich dich zum Frühstück ausführen. Das ist das Mindeste, das ich dir schulde."

Möge er verdammt sein, weil er gequält zu charmant machen kann. Ich schüttle den Kopf, aber ein Lächeln zupft an meinen Lippen. „Du bist verrückt."

Er zieht seine Augenbrauen hoch. „Daran besteht keinerlei Zweifel, Süße." Er streckt seine Hand aus, nimmt sich dieses Mal aber nicht die Freiheit heraus, einfach meine zu greifen, sondern bietet mir seine bloß an.

Ich nehme sie. „Na schön."

Sein Lächeln ist eine atemberaubende Belohnung. Er schnappt sich sein Handy und die Schlüssel zum Van und führt mich nach draußen.

Ich atme den Geruch von Kiefern und kühler Bergluft ein, während er das Mobilheim abschließt. Der Duft ist köstlich – so frisch und belebend. Wann war das letzte Mal, dass ich meiner natürlichen Umgebung irgendeine Aufmerksamkeit geschenkt habe? Ich kann mich nicht erinnern. Vielleicht bevor meine Mom starb.

Wir steigen in den Van und Sam fährt den Berg hinab nach San Diego. Wir enden im Stadtzentrum, wo er parallel einparkt und wir aussteigen. Er zerrt mich in eine Drogerie und kauft mir eine Zahnbürste, T-Shirt, Unterwäsche und Leggings. Er besteht darauf, mein Kleid und Laborkittel in einen Müllcontainer zu stopfen. Irgendetwas von wegen *Geruchsspur*.

Wir setzen uns in ein Hipster-Diner. Da ich plötzlich am Verhungern bin, bestelle ich *Huevos Rancheros* mit Avocado und einer Tasse Kaffee.

Sam wirkt zufrieden. Er bestellt genug Essen für drei weitere Personen.

Beben an meinem Schädelansatz sorgen dafür, dass mein Kopf zittert, aber es ist nicht auffällig genug, als dass Sam es sehen würde.

„Mein Apartment ist nicht weit von hier", versuche ich es noch mal. „Vielleicht könnten wir dort nur kurz vorbeischauen, um zu sehen, ob die Luft rein ist."

Sam verengt die Augen. „Sag mir, was du von dort brauchst, Layne."

Ich sauge meine Unterlippe in den Mund und wünsche mir, dass er nicht so verdammt scharfsinnig wäre. „Nichts. Vergiss es. Du hast recht – das ist es nicht wert."

Er beobachtet mich noch einen Augenblick länger. „Kommst du aus San Diego?"

Ein Prickeln des Unbehagens durchfährt mich. Misstrauen steckt hinter dieser scheinbar beiläufigen Frage. Vermutlich weil er weiß, dass ich etwas vor ihm geheim halte. Vielleicht erzähle ich ihm deswegen mehr, als ich eigentlich will.

„Ich bin in San Francisco aufgewachsen. Chinatown." Ich wende die nervige Frage ab, die mir jeder stellen will, wenn sie hören, woher ich komme. „Meine Mom starb, als ich acht war. Mein Vater hat sich nie davon erholt. Er ist ein Biologieprofessor. Er hat eine Stelle in London angenommen, nachdem ich aufs College bin. Also habe ich kein richtiges Zuhause mehr."

Sam ist ganz ruhig geworden, als würde ich die

Geheimnisse des Universums mit ihm teilen. „Besuchst du ihn in London?"

Ich weiß nicht, warum ich erröte. Ich schätze, weil ich eine schlechte Tochter bin, die keinen Wunsch hat, zu sehen, zur was für einer Hülle von einem Mann ihr Vater verkommen ist. „Nein." Ich trinke einen Schluck von dem Kaffee. Er wird mein Zittern verschlimmern, aber der vertraute bittere Geschmack erdet mich.

„Was ist mir dir? Du wurdest nicht in diesem Labor geboren und aufgezogen, oder?" Mein Magen verknotet sich, als ich an seine traumatische Vergangenheit denke.

„Fast. Ich war ein *in vitro* Experiment. Ich weiß nicht genau, wie ich tatsächlich geboren wurde. Meine Geburtsurkunde führt eine Menschenfrau als meine Mutter, aber es ist zweifelhaft, dass ich ein Mischling bin. Ich wuchs in Pflegefamilien auf, bis ich die Pubertät erreichte, was der Zeitpunkt war, an dem ich mich zum ersten Mal verwandelte. Dann, eines Tages wurde ich von der Schule abgeholt und zu dem Labor gebracht, wo ich die nächsten vier Jahre getestet wurde."

Ich kämpfe die Tränen zurück, die in meine Augen treten und mir die Kehle zuschnüren. „Und was dann?" Ich zwinge die Worte über meine Lippen.

Sams Augen leuchten gelb, sein Blick ist unfokussiert. Seine Finger krümmen sich zu Fäusten.

Ohne nachzudenken, greife ich über den Tisch und berühre seinen Arm. Er zittert schlimmer, als ich es ohne Medikamente tue.

„Sam?" Ich streichle und drücke seine geballten Finger. Ich rufe ihn zurück in die Gegenwart, von wo auch immer er hin verschwunden ist. „*Sam.*"

Er blinzelt schnell und sein Fokus kehrt auf mein Gesicht zurück. Nach einem Augenblick wird sein Griff weich und er erlaubt mir, seine Faust zu öffnen. Seine Augen nehmen wieder eine hellblaue Farbe an.

„Was passiert, wenn du so aussiehst, Sam? Hast du dann einen Flashback?"

Sam zieht seine Hand weg, als hätte ich ihn gebissen. Er reibt über seine Stirn. „Es ist... ich weiß nicht. Kein Flashback. Die Kontrolle entgleitet mir."

„Die Kontrolle, die dafür sorgt, dass du ein Mensch bleibst?"

Er nickt einmal. „Ja."

Ich will um den Tisch laufen und meine Arme um ihn legen. Mich auf seinen Schoß setzen und seinen Hals küssen und ihn dazu bringen, bei mir zu bleiben. Der Drang, für ihn zu sorgen, ist so stark, dass es mich schockiert.

Seit meine Mom gestorben ist und mein Dad sich in sich selbst zurückgezogen hat, habe ich zu niemandem eine emotionale Verbindung hergestellt. Aber die Dinge waren bei Sam von Anfang an anders.

~.~

Sam

LAYNE NIMMT meine Hand und hält sie an ihr Gesicht.

Die metallische Kakophonie in meinen Ohren schwindet sofort. Mein hämmerndes Herz wird langsamer. Ich ziehe einen tiefen Atemzug in meine Lungen. Dann durchläuft mich ein Schauder, als würde die Berührung von Layne meinen Körper zurücksetzen.

„Du machst es besser und gleichzeitig schlimmer", gestehe ich.

Sie wölbt eine Braue. „Das tue ich?"

„Yeah." Ich schenke ihr ein reumütiges Lächeln. „Irgendwie beruhigst du das Biest in mir – außer, wenn ich erregt bin. Dann ist alles möglich."

„Erzähl mir, was passiert ist. Wie hat es aufgehört – die Tests?"

Das Geräusch mahlender Zahnräder hebt wieder an. Ich schüttle den Kopf. „Nicht jetzt."

Sie sieht aus, als wolle sie protestieren, doch die Kellnerin erscheint mit unserem Essen. Ich warte, um sicherzugehen, dass sie wirklich etwas essen wird, bevor ich mir mein Essen in den Mund schaufle. Scheiße. Sie ist so verdammt zerbrechlich – es bringt mich um, wenn ich daran denke, dass sie ihren Körper durch lange Jahre des Studiums und der Forschung gepeitscht hat. Sie verdient es, zu leben – wirklich zu leben. Ein Teil von mir will ihr zeigen wie – von jetzt an.

Aber zur Hölle, was weiß ich schon? Mein ganzes Leben lang war ich entweder auf Überleben oder Rache fokussiert. Ich wüsste nicht einmal, wie ich zu leben anfangen oder Layne mehr als das zeigen sollte.

KAPITEL SECHS

Layne

ICH NAGE AN MEINER LIPPE, als Sam vor ein flaches Cottage in Chula Vista fährt. Ich habe beschlossen, dass Sam abgesehen von dem Werwolfding noch eine Superkraft hat. Er hat eine Art Traktorstrahl ähnliche Intensität, die einen anzieht und nicht mehr gehen lässt. Bis man sich selbst auf der Flucht wiederfindet und fremde Leute in einer heruntergekommenen Unterkunft besucht in dem Versuch, ein bösartiges Unternehmen zu Fall zu bringen, das zufälligerweise dein vorheriger Arbeitgeber war. Wie sonst kann ich die Wende erklären, die mein Leben in den vergangenen vierundzwanzig Stunden genommen hat?

„Was machen wir hier noch mal?", erkundige ich mich.

„Ich habe jemanden, der sich die Daten ansieht, die ich

gestohlen habe, um eine Spur zu Smyth zu finden. In der Zwischenzeit werde ich versuchen, Nash zu finden."

„Den Löwengestaltwandler?"

„Yeah. Er hat sich freiwillig für das Programm gemeldet. Mein Bauchgefühl sagt mir, dass er vielleicht mehr über das Data-X Programm weiß. Vielleicht weiß er sogar, wie man an Smyth rankommt."

„Und du glaubst, dass er hier ist?" Ich beäuge das baufällige Cottage.

„Nein. Aber ich glaube, dass der Kerl, der hier wohnt, weiß, wo er zu finden ist." Sam steigt aus dem Auto und öffnet meine Tür, bevor ich protestieren kann. „Komm schon."

Ich folge ihm die knarzenden Stufen hinauf. Bevor Sam klopfen kann, öffnet sich die Cottagetür. Ein großer, dünner Mann mit einer dicken Brille, die seine Augen vergrößert, steht dort und blinzelt uns an.

„Mr. Lawrence?", fragt Sam.

Obwohl es unmöglich ist, werden die Augen des Mannes sogar noch größer. „W-w-wer –", stottert der Mann und sein Kopf ruckt einige Male zur Seite.

„Wir müssen reinkommen." Sam schiebt sich in das Cottage. Ich folge ihm und schenke dem armen Mr. Lawrence ein mitfühlendes Lächeln, als seine Augenbrauen alarmiert in die Höhe schnellen. Ich bin froh, dass ich nicht die Einzige bin, auf die sich Sams absonderliches Charisma auswirkt.

Wir stoppen im Wohnzimmer, während unser widerwilliger Gastgeber die Tür schließt. Im Inneren ist das Cottage sauber und aufgeräumt.

„W-wer seid ihr?" Mit wild hüpfendem Adamsapfel beendet der Mann seine Frage.

„Schau genauer hin. Du wirst dich erinnern."

Eine Sekunde lang späht der dünne Mann zu Sam. Dann holt er scharf Luft und taumelt zurück. Sam fängt ihn auf und senkt ihn auf einen Sessel neben der Tür. Der Mann lässt sich sorgsam auf diesem nieder und setzt sich, wobei er noch heftiger zuckt als zuvor.

„Es ist okay", beruhige ich ihn. „Wir werden Ihnen nicht wehtun."

Der zuckende Mann blinzelt zu uns hoch. „S-s-s-am?"

„Ich bin's, Laurie", krächzt Sam. Er schiebt seinen Ärmel hoch, um seine Narben zu zeigen. In Nullkommanichts packt der Mann im Sessel Sams Unterarm. Sam hält still, die Stirn in Falten gelegt und die Augen gequält, während Mr. Lawrence die Narben unter den Tattoos studiert.

„Ich dachte, du wärst tot", sagt er staunend.

Sam sinkt auf das Sofa, das zu Lawrence und der Tür ausgerichtet ist, und ich folge seinem Beispiel.

„Ich bin fast gestorben." Sam blickt einen Moment zu mir, bevor er weiterspricht. „Ich verlor die Kontrolle über mein Tier. Lebte eine Weile in der Wildnis. Aber ein Alphawolf fand mich. Stellte sich auf mich, bis es mir gelang, mich zurück zu verwandeln."

Mr. Lawrence verarbeitet diese Informationen, wobei er beinahe ununterbrochen zuckt.

„Geht es Ihnen gut?", frage ich. „Brauchen Sie etwas?"

„Mir geht's gut." Der Mann winkt meine Bedenken ab. „Ich habe vor ein paar Jahren eine medizinische Prozedur durchgemacht. Das hatte… Folgen."

„Warten Sie." Ich schaue von ihm zu Sam. „Kennt ihr beiden euch daher? Waren Sie ebenfalls Teil der Experimente?"

„Sie weiß Bescheid?", fragt Lawrence Sam. Panik blitzt hinter der Brille auf.

„Sie weiß einen Teil. Nicht alles. Noch nicht."

„Wer ist sie?"

„Sie gehört zu mir."

„Ich bin Layne", stelle ich mich vor.

„Oh vergib mir, wo sind nur meine Manieren abgeblieben? Ich bin Laurie."

„Laurie Lawrence?", frage ich.

„Das ist korrekt. Entschuldige bitte meine Unhöflichkeit", fährt er fort, als wären wir nicht einfach in sein Haus eingedrungen. „Hättet ihr gerne etwas zu trinken? Ein Wasser vielleicht?"

„Uns geht's prima", antwortet Sam zur gleichen Zeit, in der ich „Wasser wäre reizend" sage.

Sam hebt an mich gewandt die Augenbrauen hoch, als Laurie aufsteht und aus dem Raum schlurft.

„Wenn dir jemand etwas in seinem Heim anbietet, ist es höflich, das anzunehmen." Eine der kleinen Regeln meiner Mom.

„Keine Ahnung", brummt Sam und ein Schmerzensstich schießt mir um seinetwillen in die Brust. Was für eine Kindheit hatte er? Ich habe so viele Fragen über ihn.

Er streichelt geistesabwesend mit seiner Hand meinen Rücken hoch und runter.

Als Laurie zurückkommt, um mir ein Glas Wasser zu reichen, zuckt der große Mann nicht mehr ganz so stark.

Bis sich Sam mit einem eindringlichen Gesichtsausdruck nach vorne beugt. „Ich muss einen Gestaltwandler namens Nash finden. Er war auch Teil der Experimente – allerdings nachdem wir entkamen. Kanntest du ihn?"

„Nash? Den Löwen? Bist du dir s-s-sicher?"

„Positiv. Er ist die fehlende Verbindung."

„Er tauchte vor ein paar Monaten auf. Ich w-w-wusste nicht, dass er auch dazu gehörte. Er ist..." Laurie schüttelt ruckartig den Kopf. Es sieht wie eine weitere nervöse Störung aus.

„Ich habe seine Akte gelesen. Er war schon früh dabei. Laurie, er hat sich freiwillig gemeldet."

„Du hast seine Akte gelesen?" Laurie springt aus seinem Sessel und tigert vor und zurück. „Wie?"

„Bin gestern in ein Data-X Labor eingebrochen und habe sie gestohlen."

„Du..." Lauries gesamter Körper zuckt. Er erinnert mich an einen Vogel mit seiner dicken Brille, die seine Augen vergrößert, und seinen ruckartigen Bewegungen. „Der Utah Komplex. Das Feuer. Warst das du?"

„Um genau zu sein, war es eine Explosion", sagt Sam. „Und yeah. Das war ich."

Laurie atmet scharf ein. Ich verknote meine Hände ineinander, um sie am Zittern zu hindern. Sam ist der Einzige von uns, der nicht besorgt darüber aussieht, dass er sich gerade zu Inlandsterrorismus bekannt hat.

Unser Gastgeber tigert hin und her, wobei er vor sich hinmurmelt.

„Laurie." Sam erhebt sich auf die Füße. „Schau mich an." Der nervöse Kerl tut es und Sam richtet seinen Blick auf ihn und schaltet den Traktorstrahl an. „Ich bin keine

Bedrohung für dich oder ihn. Ich muss nur mit ihm sprechen."

„Das wird ihm nicht gefallen."

„Also weißt du, wo er ist." In Sams Stimme schwingt ein Hauch Triumpf mit.

Laurie seufzt und klopft sich auf seine Taschen, bevor er seine Brille anfasst, als wolle er sich vergewissern, dass sie noch da ist. „Ich —"

Sam unterbricht ihn mit einer knappen Bewegung und winkt Laurie in die Ecke.

„Wa– ?" Ich mache Anstalten, aufzustehen, und Sam legt einen Finger auf seine Lippen, ehe er zur Tür geht.

Dann höre ich es. Draußen läuft jemand die Treppe hoch. Eine Pause und ich halte die Luft an.

Die Tür fliegt auf, der Neuankömmling kommt in einer wahnsinnigen Geschwindigkeit hereingeschossen, kracht gegen Sam und brüllt: „Ihr werdet uns niemals lebend mitnehmen!"

„Stopp", schreit Laurie. Sam rollt auf seine Füße und knurrt – ein gutturaler Laut, der meine Wirbelsäule durchschüttelt. Ich schnelle nach vorne, doch Laurie packt mich und zieht mich hinter die Couch.

Sam ringt mit dem Neuankömmling, wirft den Sessel um und kämpft mit ihm auf dem Boden.

„Denkste, du hast Frischfleisch gefunden, hä, Wolfie?", brüllt Sams Angreifer. „Ich werd' dich ausweiden."

„Declan, stopp." Laurie rennt hinter dem Sofa hervor und fuchtelt mit den Armen. „Er ist ein Freund, ein Freund." Der große Mann muss sich ducken, um einem

Stück des Sessels auszuweichen, das in seine Richtung geflogen kommt.

„Ach ja?" Der Neuankömmling springt auf die Füße und fährt sich mit einer Hand durch seine dichten schwarzen Haare. „Er hat einen fiesen rechten Haken, das steht mal fest." Seine Lippen ziehen sich zu einem irren Grinsen zurück, bei dem all seine Zähne entblößt werden.

Sam knurrt. Er und der Neuankömmling umkreisen einander.

„Willste gehen, Wolfjunge?", spricht der dunkelhaarige Mann mit einem irischen Akzent. „Ich werd' dich aufschlitzen, denk nicht, ich werde nicht –"

„Hört auf. Alle beide", kreische ich und werfe mein Plastikwasserglas auf sie. Es verfehlt sie, prallt von dem weichen Boden ab und verspritzt Wasser.

Der Ire stoppt und blinzelte auf seine nassen Schuhe. „Wer ist das Miststück?"

Sam knurrt erneut.

„Sie ist ein Gast." Laurie erhebt sich, seine Haare und Kleider sind zerzaust und die Brille sitzt schief auf seiner Nase.

„Ach ja? Und was ist mit dem Wolf?"

„Ein Freund. Sie sind alle Freunde, Declan."

„Warum haste mir das dann nicht gesagt, verdammte Scheiße?"

„I-i-ich", stottert Laurie.

"Er hat es dir erzählt", heule ich. „Du hast einfach angegriffen."

„Ah ja." Declan grinst. „Ende gut, alles gut, stimmt's, Kumpel?"

„Klar." Sams Augenbrauen sind nach wie vor gesenkt

und sein Gesicht reserviert. Er nimmt den Blick nicht von dem lächelnden Iren.

„Okay, also sind wir jetzt alle Freunde", sage ich fest und trete an Sams Seite. Sein Körper ist angespannt, aber er weicht nicht zurück, als ich seinen Arm nehme.

„Richtig, das seid ihr. Freu mich immer, mit einer hübschen Lady befreundet zu sein." Declan zwinkert mir zu.

Ein leises Rumpeln in Sams Brust veranlasst mich dazu, ihn näher an mich zu ziehen. „Sam, warum setzen wir uns nicht und reden weiterhin über… das, worüber wir geredet haben. Laurie, kann ich noch ein Wasser haben?"

Der hochgewachsene Mann kommt meinem Wunsch nach. Declan packt einen nicht zerbrochenen Stuhl und setzt sich breitbeinig darauf, nach wie vor wie ein Irrer grinsend. Sam bewahrt eine steinerne Miene und zieht mich mit sich, damit wir unsere alten Plätze einnehmen können.

Laurie reicht mir mein Wasser und ich bedanke mich bei ihm.

„Alles klar bei dir, Laurie?", fragt Declan. „Sah das Auto und hab mir Sorgen um dich gemacht."

„Mir geht's gut." Laurie wippt einige Male mit dem Kopf auf und ab. Mir entgeht nicht, wie Declan seinen Freund prüfend von Kopf bis Fuß mustert. Und Laurie wirkt jetzt viel ruhiger.

„Also, über was redet ihr?"

„Bringen uns nur auf den neuesten Stand", erwidert Sam. „Ich habe Laurie nicht gesehen, seit –"

„Dem beschissenen Höllenloch", sagt Declan fröhlich. „Was ist los, Wolfjunge? Erkennste mich nicht?"

Sam runzelt die Stirn.

„Es sollte doch nicht so schwer sein, sich an einen Iren zu erinnern, der wie ein Kesselflicker flucht und schimpft."

„Ich war dort vor langer Zeit", antwortet Sam mit abgewandtem Blick und rauer Stimme. „Ich erinnere mich nicht an viel vom Ende..." Ich nehme seine Hand, als er verstummt, und er packt sie. Er starrt einen Moment lang ins Leere.

„Oh yeah", murmelt Declan und blickt zu Laurie.

„Er sucht nach Nash."

„Tuste das? Was willste von dem König der Biester?"

„Ich brauche ihn, um Smyth zu finden."

„Viel Glück dabei." Declan neigt sich im Stuhl nach hinten, den er auf zwei Beinen balanciert. „Er redet mit niemandem. Über gar nichts. Tauchte vor zwei, drei Monaten auf. Bester Kämpfer in der Grube. Ein Fieser. Wild."

„Sam hat Informationen von Data-X gestohlen", erklärt Laurie.

„Haste das?" Der verrückte Ire zieht eine Braue hoch.

„In den Akten stand, dass sich Nash freiwillig gemeldet hat. Und es gibt ein Foto von ihm und Smyth in Militäruniform, auf dem sie sich die Hand geben. Er wird wissen, ob es eine Verbindung zur Regierung gibt und er könnte auch wissen, wo Smyth zu finden ist. Ich bin so nah dran, ihn finden zu können. Ich brauche mehr Hinweise."

„Nash wird dir nicht helfen. Er ist kaputt, wie wir alle."

Schuldgefühle verkrampfen meinen Magen. Ich sah

Sams Alpträume. Ich weiß, dass sein Leiden echt und allgegenwärtig ist. Wie kann ich meine Forschung so sehr feiern, wenn sie zu solch einem schrecklichen Preis kam? Wiegt die Tatsache, dass ich sie nutzen möchte, um Leben zu retten, die Leben auf, die zerstört wurden, um sie zu erhalten?

„Ich weiß, was mit ihm passiert ist", sagt Sam leise, aber Declan scheint es nicht zu hören.

„Das Einzige, das Nash am Leben hält, ist sein Löwe und er lässt ihn einfach nicht raus. Er ist krank. Hört nicht auf zu kämpfen, egal ob gegen Freund oder Feind. Die Grube ist perfekt für ihn."

„Was ist die Grube?", frage ich.

„Gestaltwandler-Käfigkampf. Keine Tiere."

„Welche Tiere?" Ich kann mich einfach nicht daran hindern, damit herauszuplatzen. Welche anderen Gestaltwandlersorten gibt es noch?

Declan und Laurie heften ihre Blicke auf mich.

Sam räuspert sich. „Layne hat gerade erst von… unserer Art erfahren."

„Wie kommt's dann, dass du hier bist?"

„Sie arbeitete bei Data-X", erwidert Sam milde. „Ich habe sie entführt."

„Was?" Declan springt auf die Füße, sodass der Stuhl zu Boden poltert. Sofort ist Sam vor mir und hat eine beschützende Haltung eingenommen.

„Was denkste dir nur dabei, Wolf? Bringst eine von denen zu uns?", schreit Declan mit wilden Augen.

„Beruhig dich", befiehlt Sam. „Sie ist keine von ihnen. Sie versuchten, sie zu töten. Sie gehört zu mir."

„Ich wusste nicht, was dort los ist. Ich würde niemals jemandem wehtun", füge ich hinzu.

„Es stimmt. Das weißt du." Sam hält die Arme weiterhin ausgebreitet und versteckt mich vor Declans mörderischem Blick. „Sie ist eine gute Person."

„Das werde ich glauben, wenn ich es sehe", knurrt Declan. „Wie biste dazu gekommen, in dem Laden zu arbeiten?"

„Ich war in einem Labor." Ich wringe meine Hände. „Ich habe nie irgendwelche Patienten kennengelernt. Sie brachten mir die Zellen. Ich führte Tests durch. Sie erzählten mir nicht, was sie machten."

„Patienten. Haben sie sie so genannt? Versuchskaninchen. Gefangene", spuckt Declan aus. Laurie presst sich an die Wand und spricht mit sich selbst. „Gräueltaten im Namen der Wissenschaft. Jeder Test, den du durchgeführt hast, war mit Blut besudelt. Leute bezahlten mit ihrem Leben dafür."

„Es tut mir so leid", flüstere ich.

„Es war nicht ihre Schuld", sagt Sam fest.

Doch er irrt sich. Ich hätte mehr Fragen stellen sollen. Hätte die strengen Sicherheitsmaßnahmen infrage stellen sollen. Ich war blind.

„Layne wusste nichts davon. Und sie schwebt in genauso viel Gefahr wie ich."

„So wie wir alle", schleudert Declan zurück. „Es gibt einen Grund dafür, dass wir mitten im Nirgendwo leben und unseren Lebensunterhalt mit Wetten auf Gestaltwandlerkämpfe verdienen. Unsere Tiere sind kaputt. Wegen dir sind wir entkommen, aber seitdem verstecken wir uns. Wir warten nur auf den Tag, an dem sie uns finden."

„Das wird nicht passieren." Sams Kiefer verkrampft sich.

„Nein? Was wirste deswegen unternehmen, Wolf?"

„Nachdem ich ihre Informationen stahl, ließ ich einen Virus los, um ihre Festplatten leerzufegen. All ihre Infos sind fort, sogar die Backups in der Cloud. Der Virus wird jeden Computer infizieren, der versucht, auf die Daten zuzugreifen."

Ich kann die Kälte nicht unterdrücken, die meine Adern flutet. Trotz meiner Schuldgefühle will ich nicht, dass meine Forschungsergebnisse einfach gelöscht werden. Sam ist jetzt meine einzige Verbindung zu dieser Forschung.

Wir werden einen Kompromiss finden, versprach er.

Declan pfeift. „Du bist ein gesuchter Mann, dessen Zeit abläuft."

„Ich muss Nash finden", sagt Sam.

„In Ordnung. Dann lasst ihn uns suchen." Declan zieht eine Kappe aus seiner hinteren Hosentasche und setzt sie sich auf den Kopf. „Laurie und ich werden euch zur Grube bringen. Parker wird wissen, wo Nash ist."

„Parker?", fragt Sam.

„Ganz recht." Declan reibt die Hände aneinander. „Wir werden einen Hund nach einem Löwen fragen."

KAPITEL SIEBEN

*L*ayne

DIE GRUBE IST ein Lagerhaus aus Betonblöcken in einem hauptsächlich verlassenen Industriegebiet von San Diego.

Declan und Laurie treten zuerst ein. Der hochgewachsene Mann muss sich ducken, um durch die Tür gehen zu können. Es gibt keine Fenster, nichts außer einem dunklen Gang und einem kräftigen erdigen Geruch. Es riecht nach Fell und Tieren. Meine Schritte werden langsamer.

Bevor wir reingehen, ruckt Sam an meiner Hand und zieht mich an seine Seite. „Das hier könnte gefährlich werden."

„Gefährlicher, als beschossen zu werden?"

„Yeah." Er leckt sich über die Lippen. „Hör zu, Layne, ich würde dich eigentlich nicht hierherbringen, aber ich habe Angst, dich woanders ohne Schutz zurückzulassen, und hier in Kalifornien habe ich keine Ressourcen."

„Nein, ich bin froh darum. Was Data-X tut, ist bösartig." Ich denke an Lauries Zucken und Declans wildäugige Reaktion, als er erfuhr, dass ich dort gearbeitet habe. Sams Narben. „Fall es irgendetwas gibt, das ich tun kann, um zu helfen, bin ich dabei."

„In Ordnung. Bleib dicht bei mir. Tu, was ich sage, ohne Fragen zu stellen."

Einige große Kerle schlendern in das Gebäude, wobei sie mich von oben bis unten mustern, woraufhin ich näher zu Sam trete. „Okay." Ich nehme zwar Anstoß an seinem autoritären Tonfall, aber dann fällt mir das Spanking vom heutigen Morgen ein.

In der Welt der Wölfe wird Ungehorsam bestraft.

Das weckt in mir fast den Wunsch, nicht zu gehorchen. Aber jetzt ist keine Zeit für Spielchen.

Er bietet mir seine Hand an und ich nehme sie. Gemeinsam betreten wir die Grube.

Der Tiergeruch ist dort strenger. Rauchiges Licht filtert durch den großen Raum. Als sich meine Augen an die Düsternis gewöhnt haben, sehe ich, dass es sich um eine Kneipe handelt mit Tischen, um die die großen, schwergewichtigen Kerle sitzen, die ich vorhin hineingehen sah.

Von einem der Tische winkt uns Laurie. Ich ignoriere die Blicke, die ich erhalte, und hänge mich an Sam, während wir zu dem hochgewachsenen, nervösen Mann gehen.

„Bitteschön, Leute." Declan stellt vier Pints ab.

Ich nehme ein Pint in die Hand und blinzle auf die goldene Flüssigkeit. Sam fängt meinen Blick auf und schüttelt den Kopf. Es ist ja nicht so, als bräuchte ich irgendeine Ermutigung, das Glas wieder abzustellen.

Declan ext sein Glas und schmatzt. „Trinkste das noch?", fragt er mich und ich schiebe ihm das Glas zu. „Ist das hier die Grube?" Ich sehe mich in dem schwach beleuchteten Raum um. „Sieht wie eine Kneipe aus."

„Hier gibt es mehr, als man mit dem bloßen Auge erkennen kann." Declan zwinkert mir zu und dreht sich um, als einer der großen Männer vorbeikommt, um an seiner Schulter aufzuragen. „Bist du der Zahlenmann?", grunzt der Mann.

„Das bin ich", verkündet Declan. „Heute Abend außer Dienst."

Der Mann hält einen Stapel Scheine hoch. „Mein Rudel will zwanzig Riesen auf Nash setzen."

„Für ein paar könnte ich aufmachen. Bin gleich wieder da." Declan und der Kerl gehen zu einer Ecke, wo sie ihre Köpfe zusammenstecken.

Laurie setzt seine Brille ab und poliert sie. Die Gläser sind super dick. Kein Wunder, dass er damit glupschäugig aussieht.

„Sind die medizinisch verschrieben?", frage ich ihn.

„Mein eigenes Design", sagt er. „Dank der Experimente bin ich bei Tageslicht so gut wie blind. Ich habe allerdings noch eine perfekte Nachtsicht."

Ich will ihm gerade noch eine Frage stellen, als Declan zurückkehrt. Indem er auf die Zehenspitzen geht, flüstert er dem hochgewachsenen Mann etwas ins Ohr. Laurie nickt und zieht ein zerfleddertes Notizbuch heraus, in dem er etwas notiert.

Sam gibt vor, die beiden zu ignorieren, also tue ich das

Gleiche. Weitere Leute kommen in die Kneipe, aber der Raum wird nie voller.

Declan wird fortwährend weggeholt. Jedes Mal, wenn er zurückkehrt, führen er und Laurie ein geflüstertes Gespräch, das damit endet, dass Laurie etwas in seinem Buch notiert.

„Guter Abend für euch", stellt Sam an Laurie gewandt fest, nachdem Declan erneut weggezogen wurde.

„Das ist es immer, wenn Nash kämpft", antwortet Laurie.

„Wissen die Leute, dass du der echte Zahlenmann bist?"

Laurie schüttelt den Kopf. „Declan will es so. Er kann sich verteidigen."

„Du bist auch ein Raubtier", merkt Sam an.

„Nicht wie du. I-ich meine, ich bin besser darin, schnell zu fliehen."

Ich höre nur mit halbem Ohr zu und frage mich, wovon sie reden, während ich eine Gruppe großer, bulliger Bikertypen im Auge behalte, die in der Nähe unseres Tisches streiten. Sie tragen alle einen einzigen Ohrring – irgendeinen weißen Knochen. Auf ihren Jacken prangt eine brüllende Großkatze und ein Banner, das *Die Reißzähne* verkündet. Zwei von ihnen geraten in einen Kampf und stoßen einander. Declan weicht einem aus, als der dunkelblonde Biker fast in seinem Weg landet.

„Verfluchte Katzen", schimpft er, als er wieder bei uns ist. „Seid ihr bereit?"

Sam nickt. Laurie führt den Weg an, gefolgt von Sam, der einen Arm um mich schlingt.

„Denk daran, was ich dir gesagt habe", raunt er mir ins Ohr.

Wir laufen zum hinteren Bereich der Kneipe, wo Laurie eine Seitentür aufzieht. Ein Schwall Lärm und Wärme lässt mich innehalten. Eine Treppe führt hinab in die Dunkelheit. Der Tiergeruch ist hier noch kräftiger.

„Wilde Menge heute Nacht", sagt Declan. „Sagt nicht, ich hätte euch nicht gewarnt." Ich schaue nach hinten und der dunkelhaarige Ire zwinkert mir zu. Das trägt nicht gerade dazu bei, meine Nervosität zu beruhigen, während mich Sam hinab und mitten in die Grube führt.

Meine Augen gewöhnen sich an das noch schwächere Licht. Der höhlenartige Raum, der tief unter der Erde liegt, ist brechend voll und Körper drängen sich auf den Rängen und pressen sich gegen den Maschendraht eines riesigen Zaunes. Als sich Declan nach vorne schiebt, lässt Sam einen Arm um meine Taille liegen.

Ich hatte noch nie einen Freund, weshalb die Geste fremd für mich sein sollte, dennoch fühlt sie sich leicht und richtig an. Es ist, als wäre Sam schon immer an meiner Seite gewesen, intensiv und beschützend. Auf seiner Mission, Gerechtigkeit auszuüben und mich zur gleichen Zeit zu beschützen.

„Bleib dicht bei mir", murmelt er mir ins Ohr und ich habe kein Problem damit, mich an seinen schlanken, harten Körper zu pressen. So nah bei ihm zu sein, gibt mir das Gefühl lebendig und weiblich zu sein. Meine Brustwarzen ziehen sich zusammen und kratzen über meinen BH, als ich an die rohe Kraft denke, die sich neben mir bewegt.

Als wir näher kommen, scheinen die Leute Declan zu

erkennen und machen ihm Platz. Zwei Kämpfer boxen in dem abgezäunten Quadrat und ihre verschwitzten Körper glänzen im Scheinwerferlicht.

„Der Käfig", verkündet Declan und Sam festigt seinen Griff um mich.

Einige der Zuschauer brüllen und hämmern gegen den Zaun, aber der Großteil des Publikums läuft umher, redet, streitet und sucht sich einen Platz. Declan wird schon bald weggezogen, um weitere Wetten entgegenzunehmen.

Einer der Kämpfer, ein schwerfälliger Riese mit einer Narbe quer über dem Gesicht, schießt nach vorne und rammt seine Faust in das Gesicht seines Gegners. Der zweite Kämpfer taumelt in einem Sprühnebel aus Rot nach hinten und fuchtelt in der Luft.

Ich zucke zusammen und fühle mich krank.

„Erstes Blut", ruft jemand mit gelangweilter Stimme. Einige Leute drehen sich um, um die Kämpfer dabei zu beobachten, wie sie einander umkreisen. Einige Finten und sie stürzen sich nach vorne und verprügeln einander mit brutalen Schlägen.

„Schlampig." Ein silberhaariger Mann, der zwischen uns und dem Gitter steht, schüttelt den Kopf. Er wendet sich von dem Käfigkampf ab und ich schaue noch mal hin, da er ein zu junger Mann ist, um schon graue Haare zu haben, noch dazu so dichte.

„Parker." Declan taucht wieder an unserer Seite auf. „Ich hab hier ein paar Leute, die dich kennenlernen woll'n. Sam und Layne."

Sam streckt seine Hand aus, lässt seinen Arm jedoch um mich liegen, während sie sich die Hand geben.

Parker betrachtet mich aus schmalen Augen. „Sie gehört nicht hierher."

Sam festigt seinen Griff um mich. „Sie ist meine Verantwortung."

„Sie wollen mit Nash sprechen", sagt Declan.

„Über was?"

„Data-X", antwortet Sam. Plötzlich befinden wir uns im Zentrum einiger feindseliger Blicke. Die Leute um uns herum rücken ab und nervöses Gemurmel breitet sich in der Menge aus.

Parker wirft seinen grauen Kopf nach hinten und lacht, ein heiserer Laut mit einer leicht hysterischen Färbung. Er klingt wie eine Hyäne. „Kommt nicht in die Tüte."

„Es ist wichtig." Sam verwandelt sich. Ich lege meine Hand auf seine Brust, nicht dass ich ihn körperlich darin hindern kann, sich auf Parker zu stürzen. Meine Berührung scheint Sam zu beruhigen.

„Es gibt keinen Grund, deswegen unhöflich zu sein", sage ich zu Parker, der mich mit neuem Respekt anblinzelt.

Parker zuckt mit den Achseln. „Nash redet mit niemandem. Ich arrangiere die Kämpfe und er spricht kaum mit mir."

Ein Brüllen erklingt hinter uns und wir drehen uns um. Ich keuche. An Stelle des ersten Kämpfers befindet sich ein riesiger Silberrückengorilla mit einer Narbe im Gesicht im Ring und hängt an dem Metallzaun. Die Menge schreit zustimmend, als das Tier auf den anderen Kämpfer springt, der sich noch in Menschengestalt befindet.

„Neuling", schnaubt Declan.

„Mmmh", stimmt Parker zu. „Dein Tier rauszulassen, bedeutet automatisch eine Disqualifizierung", erklärt er mir und Sam. Mein Mund hängt offen, als der Gorilla den Kämpfer durch den Ring jagt.

Die Fäuste des Gorillas dreschen auf Menschenfleisch ein, woraufhin ich zusammenzucke und mich halb abwende.

„Alles klar bei dir?", fragt Sam, der mich an seine Seite zieht und mir die Haare nach hinten streicht.

„Ich komme schon klar."

„Noch nie zuvor einen Gestaltwandlerkampf gesehen?", erkundigt sich Parker. Seine Augen glitzern silbern.

Ich schlucke. „Nein."

„Dann mach dich auf was gefasst." Declan reibt seine Hände aneinander. „Nash ist der Beste."

„Das ist er", sagt Parker. „Entschuldigt mich." Er geht zu dem Käfig und signalisiert zwei bulligen Typen, die Elektrostäbe in den Händen halten, dass sie ihm folgen sollen. Sie betreten den Käfig und die zwei Männer drängen den Gorilla in eine Ecke, während Parker den Arm des blutigen Mannes hebt und ihn zum Sieger ausruft.

„Er ist der Gewinner?", frage ich ungläubig, während Parker dem Kämpfer hilft, von der Bühne zu humpeln. „Er hätte sterben können!"

Declan zuckt mit den Achseln. „Das ist Teil der Unterhaltung."

Die Männer scheuchen den Gorilla aus dem Käfig und die Scheinwerfer verlöschen. Neonlichter gleiten über die Menge begleitet von einem ursprünglichen Trommelschlag.

„Es ist fast Zeit", informiert uns Laurie. „Sie müssen nur erst das Blut vom Boden wischen."

Ein Trio kurviger, kaum bekleideter Frauen in Bikinis

mit Leopardendesign, die Eimer in den Händen halten, betreten den Käfig. Wir treten alle zurück, als sie den seifigen Inhalt herumwerfen und anfangen, in dem Schaum so zu tun, als würden sie miteinander kämpfen. In der Zwischenzeit treten einige unauffällige Arbeiter in Overalls mit Wischlappen in den Käfig und reinigen tatsächlich den Boden.

„Wie stilvoll." Ich verdrehe die Augen.

Laurie und Declan sind fasziniert. Sam betrachtet das Ganze mit dem gleichen steinernen Gesichtsausdruck, den er immer zur Schau stellt.

„Wir werden gehen, sobald ich mit Nash geredet habe", versichert mir Sam.

„Ich bin okay." Ich verziehe das Gesicht, als mich jemand anrempelt. „Werde nur ein bisschen klaustrophobisch."

„Ich werde nicht zulassen, dass dir irgendetwas zustößt", verspricht Sam.

Wir suchen uns Plätze auf den Rängen und quetschen uns neben weitere große Kerle, die Wetten abschließen. Während die Minuten vergehen und sich der Raum füllt, sitze ich praktisch auf Sams Schoß.

Der Käfig ist leer, als das Licht wieder angeht.

„Ladies und Gentlemen", dröhnt Parkers Stimme durch den Raum. Sofort verstummen die Leute. „Der Kampf, auf den ihr gewartet habt. Der heutige Herausforderer kommt aus dem Norden. Der Rabauke."

Ein Riese schiebt sich in den Käfig und hebt seine gewaltigen Arme, um die Jubel- und Buhrufe entgegenzunehmen.

„Bärgestaltwandler", erzählt uns Laurie.

„Er wird sich dem amtierenden Alpha dieses Rings stellen, der hier ist, um seinen Stolz zu verteidigen: Der König der Biester."

Der Laden explodiert förmlich. Die Luft vibriert, als würde das ganze Gebäude erzittern. Ich dränge mich an Sam, als die Männer auf den Bänken um uns herum johlen und mit den Füßen stampfen. Der Maschendrahtzaun wackelt, als die Leute darauf einschlagen und einige Fans machen sich daran, an ihm hochzuklettern. Türsteher schlagen mit Elektrostäben auf sie ein, bis sie wieder in die Menge fallen.

Das Scheinwerferlicht schwenkt zum Kämpfereingang.

„Das ist er." Laurie deutet mit dem Finger, doch zuerst entgeht mir Nashs Auftritt. Sam und ich stemmen uns nach oben und stellen uns auf unsere Plätze, damit wir etwas sehen können.

Nash trägt einen Kampfanzug, seine kräftige Brust ist nackt, tätowiert und vernarbt. Mit seinem quadratischen Kiefer und kurzgeschorenen hellen Haaren könnte er ein typisch amerikanischer Soldat sein, wäre da nicht das gelbe Leuchten in seinen Augen.

„Er war beim Militär, Sondertruppe", erklärt Sam, als sich die Menge teilt, um Nash durchzulassen, während sie seinen Namen skandiert. Jemand versucht, ihm eine Krone aufzusetzen und einen lila Umhang umzulegen, aber er scheucht sie weg und ignoriert alles, während er zum Kampfring läuft.

„Niemand kämpft wie Nash", haucht Declan. „Niemand."

„Er war ein Held, bevor er bei Data-X landete", sagt Laurie. „Jetzt ist sein Löwe verrückt."

Nash ist nicht so ausgemergelt, wie er das in dem letzten Video war, das ich von ihm sah, aber die Erinnerung an seine Schmerzen ist klar und deutlich in seinem starren Blick zu sehen. Was auch immer Data-X ihm angetan hat, sein Körper und Seele werden für immer die Narben tragen.

Ich klammere mich an Sam, da mein Herz plötzlich schmerzt.

„Layne?" Sams Stimme findet mein Ohr.

Ich presse meine Wange an seine und packe sein Shirt. „Ich werde dir helfen, sie zu Fall zu bringen", spreche ich in sein Ohr und weiche zurück, sodass er den ernsten Ausdruck auf meinem Gesicht sieht. Er mustert mich, aber fragt nicht, wer ‚sie' sind. Er muss es nicht. „Ich will, dass sie bezahlen."

Eine Pause und er nickt. In seinen Augen glitzert ein unnatürliches Licht.

Ich lege meine Hand an seine Wange, bevor ich mich umdrehe, um zuzuschauen, wie der Kampf beginnt.

Als sich Nash nähert, krümmt Meister Petz den Rücken und knurrt. Nash zuckt nicht einmal mit der Wimper, sondern nickt Parker nur zu, bevor er den Ring betritt.

„Ihr kennt die Regeln. Keine Tiere. Solange ihr auf euren Füßen seid, kämpft ihr", verkündet Parker.

Meister Petz und der Soldat nehmen einander gegenüber Aufstellung und umkreisen sich. Im Vergleich zu seinem Gegner ist Nash geschmeidig und schlank, hochgewachsen, aber nicht emporragend. Meister Petz tänzelt nach vorne, lässt seine Fäuste fliegen und Nash weicht ihnen mühelos aus, wobei er sich gerade so viel bewegt, wie er muss und keinen Zentimeter mehr. Sein goldener Blick verlässt nie das Gesicht seines Gegners.

„Er hat noch nie einen Kampf verloren. Kämpft nie länger als drei Runden und lässt nie den Löwen raus", erzählt Declan, ohne seinen Blick von dem Kampf abzuwenden. „Perfekte Kontrolle."

„Nein." Laurie zuckt. „Er hält sich so lange zurück, wie er kann. Wenn sein Löwe rauskommt, werden alle in seiner Nähe sterben."

Ich erschaudere und presse mich näher an Sam.

Meister Petz wird des Kreisens müde und stürmt mit schwingenden Fäusten nach vorne. Nash tritt aus dem Weg, doch der Bär greift erneut an. Der Soldat findet einen sicheren Stand und rammt seine Faust in das vernarbte Gesicht von Meister Petz. Der Mann taumelt zurück. Die Menge springt auf die Beine und tobt.

Der Bärgestaltwandler stolpert zum Rand des Rings und schüttelt den Kopf. Nachdem er sich wieder Nash zugewandt hat, brüllt er, wobei er lange gelbe Zähne zeigt.

„Oh mein Gott", keuche ich, als Meister Petz wieder nach vorne stürmt und Nash zurückdrängt. „Er verwandelt sich."

Sams Arme drücken mich fester. „Noch nicht."

Nash weicht allen Schwingern von Meister Petz aus, sein Gesicht ist ausdruckslos im Vergleich zu der verzerrten Fratze des Rabauken. Die Schläge des Bärgestaltwandlers werden ausholender und ungenauer und Nash tritt nach vorne, stellt sich hin und landet einen Treffer, der den Bären durch den halben Ring schleudert.

„Yeah!", jubelt Declan.

Mein Herz hämmert, als Nash in die Offensive geht

und einen Schlag nach dem anderen auf Meister Petz niederregnen lässt. Sein Gegner erzielt einige Treffer und Nash nimmt sie auf, als wäre er aus Beton. Um den Ring verziehen sich die Gesichter im Publikum, die Schreie werden zu Fauchen. Im Ring fließt das Blut. Meister Petz rutscht auf dem rot-glitschigen Boden aus.

Die zwei Kämpfer treten auseinander. Nash hat einen Schlag kassiert – er hat einen leichten Bluterguss und ein rotes Rinnsal im Gesicht. Meister Petz ist unterdessen vornübergebeugt und atmet schwer.

„Heil dem König der Biester", kreischt jemand. Der Laut ist hoch, weiblich. Nash dreht seinen Kopf.

Meister Petz greift an und pflügt vorwärts. Ein Arm streckt sich aus, halb von Fell bedeckt. Nash springt zurück und schlägt ihm ins Gesicht. Ein Bär bricht aus dem Rabauken hervor, ein gigantischer Grizzly mit Pfoten in der Größe meines Kopfes. Seine vier Beine landen auf dem Boden und lassen den Ring erzittern.

„Nein", heule ich und schieße in die Höhe. Sam hält mich fest.

„Forfait, Forfait", schreit Parker, doch die Ankündigung wird von dem Gebrüll der Menge übertönt. Nash stellt sich dem gigantischen Tier, sein kräftiger Körper wirkt im Vergleich zu Meister Petz geradezu winzig.

Ich unterdrücke einen Schrei. Der Bär greift an. Nash weicht nicht von der Stelle, springt in der letzten Minute zur Seite und packt den Arm des Grizzlys, als er vorbeigeht. Das Körperteil bricht mit einem ekelerregenden Knirschen. Meister Petz landet auf seinem Rücken, wo ihm Nash den Schädel auf den Betonboden donnert.

Es passiert so schnell, dass ich hätte blinzeln und es

verpassen können. Der Kampf ist vorbei. Der Bär liegt schlaff da. Die Menge schreit, stampft, jubelt. Parker brüllt *Sieg* in das Mikrophon. Declan ist ganz aus dem Häuschen. Sogar Laurie klatscht.

Nash stellt einen Fuß auf die Brust des Bären, wirft den Kopf in den Nacken und brüllt. Der Laut schwillt an und füllt den Raum. Alle Härchen an meinem Körper richten sich auf. Die Leute stehen auf, reißen die Bänke in die Höhe und zerschmettern sie. Plötzlich durchfährt Sam ein Ruck. „Halt sie", befiehlt er Laurie und stößt mich in die Arme des großen Mannes. Er läuft zu Parker, der von der Menge belagert wird und versucht, Ankündigungen in ein Megafon zu brüllen, die die Menge nicht hören kann.

Sam packt Parker und schwingt ihn herum. „Nash! Ich muss mit Nash reden."

Der Ring ist bis auf den bewusstlosen Bären leer. Nash ist bereits fort und schiebt sich durch die wilde Menge zur Hintertür.

„Warte", schreit Sam und versucht, ihm zu folgen, doch Nash ist längst fort.

Ich versuche, Sam zu erreichen, und ein Körper trifft mich, wodurch ich in eine Gruppe Biker mit Lederjacken stolpere.

„Sorry –"

„Mensch", faucht der blonde Kerl vor mir und seine Augen leuchten in einem gruseligen Grün auf.

„Ich wollte nicht –" Ich springe zurück, als mich der Kerl anknurrt und lange Fangzähne zeigt.

Aus dem Nichts taucht Sam wieder auf und seine Finger schließen sich um die Kehle des Blonden Mannes. Es gibt ein Gerangel, was so schnell passiert, dass ich es kaum verfolgen kann, und der Kerl wird gegen die Wand gepresst, indem Sam sein Körpergewicht gegen ihn rammt.

Arme umschließen mich und ich kreische.

„Alles gut, Mädel, ich bin's nur." Declan gibt mir Halt, während er mich zurückzieht. Noch ein riesiger Kerl rempelt die Biker an und ein zweiter Kampf bricht aus.

„Wir müssen hier raus", brummt Declan, der mich zur Tür schleift.

„Nicht ohne Sam."

„Laurie wird ihn holen. Ich muss nur schnell das Signal geben."

„Das Signal?"

„Sie sind hinter meinen Glücksbringern her!", schreit Declan und zerrt mich an den kämpfenden Gestaltwandlern vorbei zur Wand, wo er eine Geheimtür auftritt und mich ins Sonnenlicht stößt.

~.~

Sam

SOWIE ICH SEHE, dass Layne das Gebäude sicher verlassen hat, weiche ich einem Schlag aus und lasse das Arschloch los, das sie angeknurrt hat. Ich bin kein Alpha – nicht wie Jackson oder Garrett, aber fuck, wenn mein Wolf nicht damit einverstanden ist, jedes Tier außer Gefecht zu setzen, das meine Gefährtin bedroht. Doch jetzt da ich weiß, dass sie in Sicherheit ist, kehrt der Drang, Nash zu erwischen, zurück. Ich renne zu der Tür, durch die ich ihn verschwinden sah und wo ich Parker finde, der sein Geld zählt.

„Ich muss mit ihm sprechen."

Parker zuckt mit den Achseln.

„Sam, wir müssen gehen." Laurie taucht an meinem Ellbogen auf.

„Ist Layne in Sicherheit?"

„Yeah. Sie ist bei Declan. Komm", drängt Laurie.

Ich packe Parkers Arm.

„Vorsicht, Wolf", faucht er mich an und ich ignoriere die Drohung.

„Ich fordere Nash zu einem Kampf heraus."

„Du?" Parker starrt mich an, als wäre mir ein zweiter Kopf gewachsen. Ich kapiere es. Ich tauge körperlich nicht einmal als Beta-Wolf. Die Tests und ständige Schwächung meines Körpers während der Pubertät, nicht zu vergessen meine Monate in der Wildnis, führten dazu, dass ich dürr für einen Gestaltwandler bin. Die Meisten der Kerle in diesem Laden sind mindestens fünfzig Pfund schwerer als ich, wenn nicht sogar mehr.

Also yeah, vielleicht bin ich irre. Mein rationales Gehirn würde sich niemals so einen Plan ausdenken.

„Ich werde gegen ihn kämpfen, aber er muss zustimmen, dass er mit mir redet, wenn ich gewinne."

„Du bist verrückt", sagt Parker.

„Wenn ich gewinne", wiederhole ich und er nickt.

„Ich werde schauen, ob ich es in die Wege leiten kann."

Ich schreibe meine Handynummer auf einen der Zwanzig-Dollarscheine. „Gib mir Bescheid."

Noch mehr Gestaltwandler kämpfen draußen auf dem

Parkplatz miteinander. Ein weißer Camaro rast auf uns zu. Declan sitzt hinter dem Steuer und Layne ist neben ihn in den Sitz geschnallt. Ich knurre, obwohl ich weiß, dass er Layne nur für mich beschützt.

Declan grinst, einen fröhlich-wilden Blick in den Augen. Er ist genauso verkorkst irre wie ich. Genauso wie Laurie, der auf seine eigene Art verrückt ist. „Ich stehl' dir nicht dein Mädel, Junge." Er hebt sein Kinn zu Laurie. „Ich tausche mit dir für den da."

Layne schnallt sich ab, während Laurie um den Wagen läuft, um ihren Platz einzunehmen. „W-wo ü-ü-übernachtet ihr?", fragt Laurie.

Ich zucke mit den Achseln. „Ich habe ein Safe House oben in den Bergen, aber es ist gute neunzig Minuten entfernt von hier."

„Ihr könnt bei mir ü-ü-übernachten", bietet er an. „Ich habe ein Gästehaus."

Ich erinnere mich, die winzige, Garagen ähnliche Konstruktion hinter seinem Cottage gesehen zu haben. In Kalifornien wird aus jedem Gebäude ein Wohnraum gemacht. Ich bin überrascht von dem Angebot. Nicht, dass ich nicht auf Hilfe von Laurie und Declan hoffe, aber uns aufzunehmen, insbesondere angesichts dessen, wie viel Ärger wir ihnen ins Haus bringen könnten, ist weit mehr, als ich je erwartet hätte. Ich will gerade meinen Kopf schütteln, doch dann stoppe ich. Wenn ich heute Nacht nicht Declans Hilfe gehabt hätte, hätte Layne etwas zustoßen können. Ich kann Smyth nicht jagen und ihr dauerhaften Schutz bieten, ganz gleich, wie sehr ich mir auch wünsche, dass ich dazu in der Lage wäre. Sie bei anderen Gestaltwandlern in Sicherheit zu wissen, würde mir helfen, weil ich mich dann auf Smyths Eliminierung konzentrieren könnte. Wenn er erst einmal fort ist, kann ich sie beschützen, bis wir wissen, dass es sicher für sie ist, zurück nach Hause zu gehen.

Doch der Backstein in meiner Magengrube sagt mir, dass es kein nach Hause gehen geben wird. Nicht für Layne. Nicht für mich. Falls die Regierung in Projekt Alpha verwickelt ist, wird sie nicht eher ruhen, bis wir alle tot sind.

Fuck.

Ich nicke einmal. „Yeah, danke. Wir treffen uns dort."

Laurie lässt seinen Kopf auf und ab wippen und steigt in den Camaro und Declan fährt mit quietschenden Reifen davon, bevor die Tür auch nur geschlossen ist.

Layne läuft schnell zu dem Van. Ich kann nicht sagen, ob sie angepisst oder verängstigt ist. Vermutlich ein bisschen von beidem.

Ich steige ein und lasse den Motor des Vans an. „Es tut mir wirklich leid, dass ich dich dort drinnen ohne Schutz zurückgelassen habe", sage ich.

Sie schüttelt den Kopf. Sie blickt starr aus der Windschutzscheibe, als wäre sie völlig verstört und geschockt.

Ich lege den Gang ein. Wir passieren einen Katzenkampf auf dem Weg nach draußen – zwei Leoparden werfen Motorräder um, während sie einander mit Krallen und Zähnen zerreißen.

„Das war vermutlich mehr Gewalt, als du normalerweise siehst."

„Ja", flüstert sie.

Ich greife zur Seite und nehme ihre Hand und bin schockiert, als ich feststelle, wie sehr sie zittert. *„Layne."*

„Sam, ich muss meine Medikamente holen", bricht es aus ihr hervor.

Kälte durchfährt mich und klemmt sich fest zwischen meine Rippen. Sie sucht nicht nach Medikamenten zur Verhütung. Es ist etwas Ernstes. Unfähig, zu atmen oder zu sprechen, entscheide ich mich dafür, das Gaspedal durchzudrücken, von dem Weg abzubiegen, den Declan genommen hat, und zur Hauptstraße zu rasen.

Es vergehen zehn, zwanzig Sekunden, bevor ich das metallische Hämmern in meinen Ohren zurückdrängen kann. „Erzähl es mir", krächze ich.

„Es ist eine degenerative Nervenkrankheit. Barrington's. Die Krankheit, an der meine Mom starb."

Ich kann nicht atmen. Meine Frau. *Stirbt.* Das kann verdammt nochmal nicht passieren.

„Sam!", kreischt Layne, als der Van von der Straße zu fahren beginnt.

Ich korrigiere den Kurs, während meine Gedanken rasen. „Deswegen bist du so besessen von der Forschung. Du suchst nach einer Heilung."

Laynes Augen ruhen auf ihren Händen. „Nein. Für mich ist es zu spät. Aber ich könnte vielleicht anderen Leuten helfen."

„Nein." Ich lasse meine Faust auf das Armaturenbrett krachen, wodurch das Plastik Risse bekommt.

Nur Laynes verängstigter Blick bringt mich dazu, den Zorn zu bezwingen, der in mir tobt.

„Es muss eine Heilung geben", krächze ich mit knirschenden Zähnen.

„Sam." Ihre Stimme ist flehend und ich höre Tränen

heraus. „Ich habe meinen Frieden damit geschlossen. Mach es nicht schlimmer."

Ein Sturm an Emotionen fegt durch mich, einer nach dem anderen. Ich will für sie weinen. Dinge zertrümmern. Fässer und Fässer der Reue entladen sich über mir. Ergießen sich über meinen Kopf und durch meine Kehle. Ich wünschte, ich hätte es schon eher gewusst.

Aber welchen Unterschied hätte das gemacht?

Ich fahre vor Lauries Haus, aber öffne die Tür nicht. „Layne." Meine Stimme klingt gebrochen und roh, als hätte ich stundenlang geschrien. „Ich verurteile deine Entscheidungen nicht, aber es *bringt mich auf die Palme*, dass du dein Leben eingesperrt in Labors mit Forschen verbracht hast, während du… *leben* hättest können."

Beim Schicksal, ich habe das Gefühl, als würde *ich* sterben. Genau hier, genau jetzt. Als würde ich hinter dem Lenkrad verbluten, weil das Leben von Layne, meiner unbeanspruchten Gefährtin, verkürzt sein wird. Ich muss ein Fitzelchen Hoffnung in mir gehabt haben, dass ich meine Rachemission überleben und etwas haben würde, dass ich ihr bieten kann.

„*Fick dich*", spuckt Layne aus und stürzt aus dem Van. Ihre Worte schockieren mich so sehr, dass sie mich aus meinem Selbstmitleid reißen.

Ich springe aus dem Van und eile ihr hinterher. Ich erwische sie auf dem Gehweg, schlinge einen Arm um ihre Taille und zerre sie zurück an meinen Körper. „Layne, warte. Es tut mir so leid. Das kam ganz falsch raus." Ich vergrabe mein Gesicht in ihren seidig schwarzen Haaren und atme ihren Geruch ein. Mir fällt einfach nichts anderes ein, das ich sagen kann. Ich war noch nie gut mit

Worten, weshalb ich jetzt einfach nur ihren weichen Körper an mich drücke und meinen Atem mit ihrem synchronisiere.

„Ich werde deine Medikamente holen", verspreche ich. „Ich werde jetzt gleich gehen, wenn du möchtest. Aber ich gehe allein. Ich will deine Sicherheit nicht aufs Spiel setzen."

„Ich kann bis morgen warten." Ihre Stimme klingt dünn.

„Bist du dir sicher?"

Fuck. Ich bin ein Arschloch. Ich muss ihr mehr anbieten, als nur ihre Medikamente zu holen, die sie den ganzen Tag zu bekommen versucht hat. Mein Bauchgefühl sagt mir, dass ich das für sie in Ordnung bringen sollte und *gottverdammt*, es kann nicht in Ordnung gebracht werden.

Ich möchte fluchen und heulen. Mich verwandeln und zurück in die Berge rennen, wo ich mich zuvor schon fast verloren habe.

„Wenn es kein Barrington's gäbe, wenn deine Mom noch am Leben wäre und die Welt nicht gerettet werden müsste, was würdest du stattdessen tun?" Meine Lippen sind direkt neben ihrem Ohr. Sie zittert. Tränen trocknen auf ihren Wangen.

„Ich weiß es nicht." Ihre Stimme bricht. „Was würdest du tun, wenn du nicht so entschlossen wärst, Rache zu nehmen?"

„Ich würde einen Weg finden, mit dir zusammen zu sein", antworte ich sofort, womit ich mich selbst vermutlich genauso sehr überrasche wie sie.

Sie dreht sich in meinen Armen um und reißt ihre dunklen Augen auf. „Sam." In meinem Namen scheint so viel Bedeutung zu liegen, dennoch kann ich ihre Gedanken nicht entziffern.

Ich streichle mit meinem Daumen über ihre Wange. „Ich fühle mich so sehr zu dir hingezogen, Layne. Ich weiß nicht, wie es bei Menschen ist, aber bei Gestaltwandlern sucht manchmal unser Tier den Partner für uns aus. Mein Wolf will dich. Obwohl ich dich nicht haben kann. Obwohl das hier die schlimmsten Umstände sind. Also yeah, wenn ich jetzt frei wäre – wenn mir die Zukunft weit offen stünde – würde ich dich ins Auge fassen. Ich würde herausfinden, was diese Sache zwischen uns ist und wohin wir damit gehen könnten." Plötzlich verlegen ziehe ich meine Arme von ihr weg und stopfe meine Hände in meine Taschen. „Ich weiß, ich hab's mit dem Flirten nicht so, aber –"

„Das würde mir gefallen."

Ich erstarre.

Sie legt ihre Hände flach auf meine Brust. Neigt ihr Gesicht nach oben zu meinem, als wolle sie einen Kuss.

Mein Wolf, der zuvor wegen ihrer Tränen ruhig war, erwacht brüllend in mir zum Leben. Ich nehme ihren Mund zur gleichen Zeit in Besitz, wie ich meinen Unterarm unter ihren Hintern schiebe. Sie schlingt ihre Beine um mich und erwidert den Kuss mit einer Heftigkeit, die ich nicht erwartet habe.

„Layne." Ich brauche sie nackt. *Jetzt.*

Ohne den Kuss zu unterbrechen, stiefle ich an Lauries Cottage vorbei und gehe direkt zu der Hütte dahinter. Laurie steht dort mit einem Schlüssel in der Hand und großen Augen wegen des Spektakels, das wir mit unserem Lippen-Wrestling liefern, das bei den Olympischen

Spielen mithalten könnte. Er drückt die Tür auf und tritt ohne ein Wort zurück, um mich vorbeizulassen. Die Tür fällt leise hinter uns ins Schloss, aber ich bemerke das kaum.

Das Gebäude ist ein winziges Studio mit einem Bett mitten im Raum. Ich lasse sie darauf fallen und greife hinter meinen Hals, um mir das T-Shirt mit einer Hand über den Kopf zu ziehen. Dabei wende ich den Blick kein einziges Mal von meiner hübschen, zerbrechlichen Frau.

Layne setzt sich auf, wobei eine hübsche Röte ihre Wangen färbt.

Im Nu bin ich wieder bei ihr und verschmelze unsere Lippen miteinander, während ich ihr die Kleider vom Körper reiße. Sie muss unbedingt all die Emotionen in mir fühlen. Alles, von dem ich nicht weiß, wie ich es ausdrücken soll. Das Chaos, das wegen ihrer Krankheit in mir tobt, mein intensives Verlangen, ihr Schicksal zu ändern, *unser* Schicksal zu ändern.

~.~

Layne

SAMS KÜSSE STEHEN GANZ OBEN auf der Liste der Dinge, bei denen ich froh bin, dass ich sie erlebt habe, bevor ich sterbe. Es liegt so viel Leidenschaft in ihnen. So viel Befehl.

Für einen Kerl, der behauptet, keine Ahnung von Frauen zu haben, weiß er jedenfalls, was er tut. Seine Zunge gleitet zwischen meine Lippen und verlangt meine Unterwerfung. Ich schmelze unter ihm dahin und biete mich ihm an, während er mir mein Shirt über den Kopf zerrt. Was haben wir denn sonst?

Keiner von uns hat dem anderen irgendetwas zu geben. Abgesehen von dem hier. Unserer Leidenschaft. Der unglaublichen Musik, die unsere Körper gemeinsam machen.

Und nein, ich habe keine Angst vor seinem Wolf. Wenn ich bisher eines gelernt habe, dann dass Sam mir nicht wehtun wird.

Er lässt seine Hüften zwischen meine Beine schnellen und zieht seinen geöffneten Mund über meinen Hals hinab. Seine Hände machen sich zur gleichen Zeit am Verschluss meines BHs zu schaffen, wie er an meinen Brüsten knabbert. Der BH verschwindet an den gleichen Ort, an dem mein Shirt landete, und seine Lippen umschließen meine Brustwarze, bevor seine Zunge um die harte Spitze wirbelt.

Ich keuche und wölbe mich ihm entgegen. Das beharrliche Pochen des Verlangens zwischen meinen Beinen treibt mich dazu, mich zu winden, um meine Leggings und Slip nach unten zu schieben. Er gibt meinen Nippel frei und leckt über die Ausdehnung meines Bauches.

Brauche.

Mehr.

Jetzt.

„Sam", keuche ich und trete den Stoff fort, bis er um meine Knöchel verknotet ist.

Er legt seine Hände unter meine Knie und drückt sie nach oben, womit er mich weit spreizt. In meinem Bauch flattert es vor Aufregung. Er knurrt, kurz bevor er sich in mich leckt, wobei er seine Zunge großzügig einsetzt. Clever.

Meine Innenschenkel spannen sich an, um sich um seine Ohren zu schließen, doch er stößt sie wieder auseinander und drückt meine Hüften nach unten, während er mich mit festen Zungenschlägen gegen meine Klit quält.

Ich packe seine blonden Haare und zerre an ihnen, während ich mich schamlos auf seinem Gesicht reibe. Aber ich will nicht einfach nur noch mal Lust von ihm erhalten. Ich will sie auch geben. „Lass mich hoch", krächze ich. „*Lass mich hoch.*" Ich drücke gegen seine Schultern, als er nicht reagiert.

Er hebt seinen Kopf, seine erschrockenen Augen leuchten gelb und seine Lippen glänzen von meinen Säften. Ich krabble unter ihm hervor und ziehe ihn auf das Bett hoch. Er fällt zurück auf seinen Unterarm, einen perplexen Ausdruck im Gesicht.

„Ich bin dran." Ich greife nach dem Knopf seiner Jeans.

Er gibt einen erstickten Laut von sich. „Fessel mich", sagt er heiser.

„Was?"

„Du solltest mich fesseln, sonst werde ich mich nicht stoppen können. Ich werde mich zwischen diese süßen Schenkel rammen, bis der Morgen anbricht."

Ein schockiertes Lachen entweicht meinen Lippen. Seine Worte lassen mein Verlangen noch heißer brennen. Meine Brustwarzen pulsieren im Takt mit meiner Klit.

Seine Augenlider senken sich und sein Blick reist meinen Körper hoch und runter wie der eines ausgehungerten Mannes. Ich reibe meine Lippen aufeinander. „Hast du ein Kondom?"

Sam starrt mich einen Augenblick lang ungläubig an, dann fliegt seine Hand zu seiner Tasche. Er zieht seinen Geldbeutel heraus und durchsucht ihn mit zitternden Fingern, bis er das kleine quadratische Folienpäckchen hervorzieht. „Ja." Er hält es hoch, als hätte er das Gewinnerlos gefunden.

Dann umwölken Zweifel sein Gesicht. Er schießt wieder vom Bett und reibt sich mit einer Hand über seinen Kiefer. „Layne, wir können nicht."

Ich krabble auf dem Bett nach vorne. Ich liebe den Anflug von Panik auf Sams Gesicht und wie er seine Faust um das Kondompäckchen schließt. Seine Iriden verändern ihre Farbe von blau zu gelb und wieder zu blau. „Ich habe keine Angst vor deinem Wolf", wispere ich. „Dieses Mal werde ich nicht schreien."

Er tritt einen Schritt zurück und schüttelt den Kopf. „I-ich kann nicht. Ich besitze die Kontrolle nicht."

Ich folge ihm, trete vom Bett und greife nach seiner Taille. Indem ich die zwei Seiten seiner geöffneten Jeans packe, befreie ich seine Erektion und sinke zu seinen Füßen auf die Knie. Den Blick zu seinem Gesicht erhoben, öffne ich die Lippen und nehme seine dicke Schwanzspitze in den Mund.

Er ruckt nach vorne und wird sogar noch länger. Das Stöhnen, das ihm entwischt, hat einen animalischen Klang an sich. Seine Finger vergraben sich in meinen Haaren. *Mm hmm.* Die Ergebnisse der Vortests weisen darauf hin, dass es ihm gefällt, meinen Mund an sich zu haben. Ich packe seine Schwanzwurzel, um ihn besser lenken zu können und noch ein Schauder durchläuft ihn.

Aha. Beweise deuten auch daraufhin, dass es meinem Mann gefällt, gedrückt zu werden. Ich bewege meinen Mund und Hand im Einklang miteinander und schmecke einen Tropfen seiner salzigen Essenz.

Seine Schenkel zittern, das Rumpeln in seiner Brust wird lauter. Ich liebe den Laut seines abgehakten Atems, der schwerfällig über mir erklingt. Bevor ich ihn zum Höhepunkt bringen kann, stößt er mich nach hinten. Seine Arme und ein weicher Teppich dämpfen meinen Fall.

„Brauche dich." Sein gutturaler Tonfall ist beinahe unerkennbar. Ich höre das Knistern der Folie und er rollt das Kondom über sein steifes Glied.

„Ich brauche dich auch", murmle ich und strecke die Hand aus, um sein Gesicht nach unten zu meinem zu ziehen.

Er dringt mit einem einzigen Stoß in dem Moment in mich, in dem sich unsere Münder treffen.

Ich schreie auf, nicht weil es wehtut, sondern wegen der schockierenden Lust, die mich bis ins Innerste durchdringt. Jedes Nervenende steht unter Strom, jedes Lustzentrum erblüht. Ich werde so verzweifelt wie er, kratze und ringe darum, ihn tiefer aufzunehmen und unsere Körper näher zusammenzubringen. Ich wölbe mein Becken nach oben und reibe mit jedem seiner Stöße meine Klit an der Basis seines Schaftes. Er füllt mich und zieht sich zurück.

Mir stockt der Atem und dann gebe ich einen jammernden, bedürftigen Laut von mir.

„Mehr", knurrt er mit vollkommen goldenen Augen. Er stößt sich härter und schneller in mich.

Als wäre ich das Biest, nicht er, beiße ich in seine Schulter und lecke sein Ohr. Meine Nägel kratzen über seinen Hintern, als ich ihn nach unten zwischen meine Beine ziehe.

„So. Gut." Seine Worte erklingen durch zusammengepresste Zähne.

Meine Augen rollen zurück in meinen Kopf.

„Kann nicht aufhören. Kann nicht aufhören. Oh Gott, Layne, ich kann nicht –" Sam lässt ein komplett animalisches Knurren entweichen und vergräbt sich tief in mir.

Meine Arme schnellen nach oben um seinen Hals und ich schmiege meinen Körper an seinen, während mich mein Höhepunkt zur selben Zeit überkommt. Feuerwerke explodieren hinter meinen Augenlidern. Jeder Muskel in meinem Körper bebt, während sich meine Mitte um seinen Schwanz an- und entspannt.

Sam beißt mich, zu fest.

Ich keuche, doch die Empfindung löst eine zweite Runde Beben in Erdbebenstärke in meinem Körper aus. Der Schmerz wird von reiner Lust in den Hintergrund gestellt.

Sam versucht, sein Gewicht von meinem Körper zu heben, doch ich klammere mich an ihn, weshalb er mich ebenfalls nach oben hebt.

„Lass mich nie wieder gehen", flehe ich, bevor ich realisiere, wie erbärmlich das klingt.

Er leckt über die Stelle, an der er mich gebissen hat. „Das werde ich nicht." Seine Stimme ist noch immer rau und tief.

Er steht auf, während ich mich nach wie vor an seinen Körper klammere, und legt uns auf das Bett, wo er seine Nase in meinen Haaren vergräbt und Küsse auf der Seite meines Gesichtes und Halses verteilt. Als ich schließlich meinen Klammergriff um ihn löse, weicht er zurück und begutachtet den Bissabdruck an meinem Hals.

Ich führe meine Fingerspitzen an die Stelle und bin überrascht, als ich feststelle, dass die Haut offen ist.

„Ich habe dich markiert."

„Ja."

„So paart sich ein Wolf. Ich hatte es nicht vor, aber einer meiner Fangzähne hat deine Haut gestreift, als du deinen Orgasmus hattest."

Ich stemme mich auf die Ellbogen, der postorgastische Nebel lüftet sich allmählich, während mein Gehirn wieder online geht. Ich weiß nicht so recht, wie ich die Informationen interpretieren soll, die mir Sam gerade geliefert hat. „Meinst du, paaren im Sinne von… heiraten?"

Er nickt und reibt sich mit seiner Hand auf die Weise über den Kiefer, die ich bereits zu lieben gelernt habe. „Es… fuck, es tut mir nicht leid. Ich würde mich gerne entschuldigen, aber –" Ein Lächeln zupft an seinen Lippen, als könnte er es sich einfach nicht verkneifen.

Ich kann nicht anders, als es zu erwidern. „Dir tut es nicht leid?" Ich erröte wegen der hoffnungsvollen Note in meiner Stimme.

Er zuckt mit den Achseln. „Mein Wolf hat bekommen, was er wollte." Er wackelt mit den Augenbrauen. „Dich."

„Okay." Mir fällt nicht ein, was ich sonst sagen könnte. Es tut mir auch nicht leid, obwohl ich nicht weiß, was das alles bedeutet.

Sams Wolf hat sich mit mir gepaart.

Er weiß, dass meine Uhr bald abläuft, und es scheint ihn nicht zu stören, warum sollte ich also Einwände erheben?

Er leckt wieder über die Wunde. „Tut es weh, Süße?"

„Nein."

Er lässt sich neben mir nieder und zieht mich eng an sich. „Gut. Der Biss ist nicht zu tief. Es wird vielleicht nicht einmal eine Narbe zurückbleiben." Er grinst wieder. „Du bist jetzt offiziell meine Gefährtin. Hoffe, du hast nichts dagegen."

Ich kuschle mich in seine warmen Arme. „Ich weiß nicht, was das mit sich bringt, aber für mich klingt es gut."

Er küsst meine Stirn. „Ich weiß, dass keiner von uns eine Beziehung wollte. Du bist krank und ich… werde vielleicht auch nicht lange leben."

Mein Herz verkrampft sich, aber ich schiebe die Furcht von mir. Ich will das hier genießen. Nur diesen Augenblick lang.

„Aber dich kennenzulernen, dich zu markieren, fühlt sich wie die einzig richtige Wende an, die mein Leben jemals genommen hat. Klingt das nicht verrückt?"

„Ja", murmle ich. „Wundervoll verrückt. Wie du."

KAPITEL ACHT

⚜

S am

I CH OBSERVIERE L AYNES A PARTMENT, bevor ich reingehe.
Die Dämmerung ist noch nicht hereingebrochen und ich
habe mehrere Blocks entfernt geparkt und bin durch die
Schatten gekrochen, um hierher zu kommen. Sie warm und
nackt im Bett zurückzulassen, hat mich beinahe umgebracht, aber das tut auch der Gedanke daran, dass sie
leidet, weil ich sie von ihrer Medizin ferngehalten habe.

Ich versuche die ganze Zeit, mir ein schlechtes
Gewissen einzureden, weil ich sie markiert habe, aber ich
kann mich einfach nicht dazu bringen. Mein Wolf ist geradezu fröhlich und zum ersten Mal – vielleicht jemals –
schlief ich die Nacht durch ohne einen Alptraum.

Ich wachte nicht einmal verschwitzt auf, während ich
mit den Fingern die Laken zerriss oder das Kopfbrett oder

die Wände einschlug. Es war genauso wie neulich im Diner mit ihr.

Layne beruhigt den Wahnsinn, der in mir köchelt.

Also yeah, sie zu markieren, war ein Unfall und keiner von uns ist in der Lage, sich einem Gefährten hinzugeben, aber ich hege keinerlei Reue.

Ich bin zufrieden damit, für diese kurze Zeitspanne mit ihr verpaart zu sein. Damit, den absoluten Frieden zu kennen, den mir das brachte. Die Lust.

Und ja, ich rede bereits, als würde es enden, weil ich weiß, dass es enden wird.

Wir beide wissen es.

Sie stirbt und meine Uhr ist bereits so gut wie abgelaufen. Wenn ich diese Sache mit Smyth endlich erledigt habe, werde ich wahrscheinlich tot sein.

Die Schlüssel zu Laynes Apartment gingen bei unserem Fluchtversuch verloren, aber ich wäre ohnehin nicht zur Eingangstür reingegangen. Sie wohnt in einer Anlage in El Cajon, die eher aus Reihenhäusern als Apartments besteht. Ich entferne das Fliegengitter vor einem Fenster an der Rückseite des Gebäudes und breche das Fensterschloss auf. In ihrem Apartment hängt noch der Geruch von menschlichen Männern in der Luft. Also ist es durchsucht worden.

Eine Sache weiß ich – was auch immer in diesen Laboren vor sich geht, wie auch immer die Involvierung der Regierung aussieht, sie wollen nicht, dass es an die Öffentlichkeit gelangt. Über die Testeinrichtung, die ich in Utah in die Luft jagte, wurde nie berichtet und ich habe auch nicht mein Foto überall im Fernsehen gesehen wegen meines Einbruchs in das Labor in Kalifornien.

Ich finde ihre Medikamente im Badezimmer und stecke sie in meine Tasche. Ich nehme mir die Zeit, ihre Haarbürste und Waschbeutel zu holen, bevor ich mich aus dem Staub mache. Draußen schnappe ich einen Geruch auf, der mir nicht gefällt.

Pistolen.

Ich werde völlig reglos in einem Schatten und strecke meine Sinne aus, um das Problem zu lokalisieren, aber ich höre nur die Geräusche von Leuten, die gerade aufwachen und sich umher bewegen, von Vögeln, die zu singen beginnen. Ich rieche keinen anderen Gestaltwandler. Ich warte so lange, wie ich es wage, aber als das Tageslicht heller wird, nimmt auch die Chance zu, dass ich gesehen werde. Ich husche wieder zwischen die Bäume und springe über einige Zäune, um zurück zu dem Van zu laufen.

Ich hoffe wirklich, dass ich nicht entdeckt wurde.

~.~

Layne

SAM ERZÄHLTE MIR LETZTE NACHT, dass er am Morgen losgehen und meine Medikamente holen würde, aber ich bin trotzdem enttäuscht, dass ich allein aufwache. Nein, wenn ich es mir so recht überlege, bin ich eigentlich froh, dass er nicht hier ist, denn meine Hüften und Schenkel zittern so heftig, dass ich einen Moment brauche, bis ich das Gleichgewicht finde.

Ich überprüfe die Bisswunde im Spiegel in dem winzigen, aber sauberen Bad. Es ist nur eine Einstichstelle und nicht zu tief. Es brennt ein wenig, aber die Empfindung erregt mich nur. Ich schätze der Schmerz produziert die gleiche Sorte von Glücksendorphinen, die freigesetzt wurden, als Sam meine Hände festklebte und mir den Hintern versohlte.

Ein Schauder, der nichts mit meinem Barrington's zu tun hat, durchläuft mich, als ich mich an meinen unglaublichen Lover erinnere. Er hat so viel Leid ertragen und dennoch reicht seine Leidenschaft noch immer tief. Jedes Mal, wenn er letzte Nacht im Bett zu zucken oder knurren begann, legte ich einfach eine Hand auf seine Brust oder murmelte etwas und sein ganzer Körper beruhigte sich.

Ich habe so hart gearbeitet, einen Unterschied in der Welt zu machen. Ich habe versucht, die Leben all der unzähligen Erkrankten zu retten. Aber die esoterische Befriedigung, von der ich immer dachte, dass ich sie empfinden würde, lässt sich nicht mit dem Vergnügen vergleichen, zu sehen, welche Wirkung ich auf diesen einen Mann habe.

Aber ich bin eine Idiotin, wenn ich denke, dass wir ein Happy End wie im Märchen bekommen werden. Ich habe keinen Job, zu dem ich zurückkehren kann, ich bin auf der Flucht vor meinem Arbeitgeber und möglicherweise der Regierung. Es gibt definitiv Männer, die mich töten wollen.

Also muss ich tun, was ich immer getan habe – das Problem bis zum Gehtnichtmehr analysieren, bis ich eine

Lösung finde. Ich öffne den Laptop, den Sam zurückgelassen hat, um nachzuschauen, ob ich irgendetwas von dem anschauen kann, das er von den Data-X Servern gestohlen hat.

Einschließlich meiner Forschungsergebnisse.

~.~

Sam

AUF DEM WEG zurück zu Lauries Gästestudio besorge ich bei Starbucks Kaffee und Muffins. Layne zuckt zusammen, als ich hereinkomme.

Sie sitzt mit meinem Computer auf dem Bett und versucht anscheinend, mein Passwort zu erraten, um Zugriff zu erlangen. Wie gut, dass sie Kylie, Hackerin der Extraklasse, noch nicht vorgestellt worden ist.

Ich ziehe eine Braue hoch. „Was machst du?"

Sie springt auf und ringt die Hände, was mir sauwehtut. Ich will definitiv nicht, dass sie Angst vor mir hat. Nicht, wenn wir so weit gekommen sind.

„Ich wollte helfen."

Ich stelle den Kaffee und die Muffins auf den Nachttisch und krümme einen Finger unter ihrem Kinn. Ihre Augen weiten sich leicht, ihre Brust hebt und senkt sich schneller. Ich nehme den schwachen Geruch ihrer Erregung war, als würde es sie anmachen, meinem prüfenden

Blick ausgesetzt zu sein. „Du musst mich nicht mehr anlügen, Layne", sage ich sanft.

Sie kaut auf der Innenseite ihrer Backe. „Es ist keine Lüge – nicht unbedingt." Ihre Schultern sacken nach unten. „Okay, ja, ich hatte gehofft, meine Forschung kopieren zu können. Aber –"

Ich lege eine Fingerspitze auf ihre Lippen, um sie zu stoppen. „Ich weiß, dass dir deine Forschung wichtig ist. Deshalb habe ich auch versprochen, dass wir einen Kompromiss finden werden. Baby, ich halte mein Wort immer."

Ich bemerke ein leichtes Zittern an ihrem Kopf und Hals und wühle sofort in meiner Tasche nach ihren Medikamenten. Dabei mache ich mir Vorwürfe, dass ich sie ihr nicht schon eher besorgt habe. „Hier, nimm erst mal wieder die hier." Ich reiche ihr das Döschen.

Ihre Hände zittern, als sie die Dose aufschraubt und eine Tablette rausschüttet. Ich reiche ihr den Kaffee, damit sie die Tablette runterspülen kann, und nehme den Laptop. Mit einigen Tastenschlägen entsperre ich ihn und greife auf die Dateien von Data-X zu. Ich reiche ihr den Laptop wieder.

Das ist mein Vertrauensbeweis. Sie hat ihr Leben in meine Hände gelegt und diesem verstörten, rachsüchtigen Wolf ihr Vertrauen geschenkt. Das Mindeste, das ich tun kann, ist das zu erwidern.

Zuerst weiten sich ihre Augen und dann lächelt sie. „Danke. Aber ich will wirklich helfen. Wonach suchen wir?"

„Irgendwelchen Hinweisen, die uns zu Smyth führen werden."

„Und was bringt dich auf den Gedanken, dass Nash etwas weiß?"

„Als ich das Labor in Utah in die Luft jagte, war dort ein Gefangener. Ein Löwe – Nash. Er entkam. Ich dachte, dass er eine weitere Versuchsperson war wie ich. Aber es gibt ein Bild in seiner Akte – schau –" Ich dirigiere sie zu dem richtigen Ordner. „Siehst du? Das ist Nash mit Smyth." Beide Männer tragen Militäruniformen und sie sehen aus, als wären sie miteinander befreundet – sie geben sich die Hände. „In den Notizen klingt es so, als hätte er sich freiwillig für das Programm gemeldet. Und Nash wird überall in den Forschungsaufzeichnungen erwähnt. Etwas darüber, eine Supergestaltwandlerrasse zu erschaffen und dass Nash der Allvater sein wird."

Layne erschaudert. „Das Gruseligste, das ich jemals gehört habe."

„Ich weiß. Richtiger Drittes Reich Schwachsinn. Aber ich dachte, er würde mehr über Smyth wissen. Oder darüber, ob es eine Verbindung zur Regierung gibt."

Sie zieht ihre Augenbrauen hoch. „Du denkst wirklich, dass die Regierung involviert ist?"

Ich nicke. „Yeah. Wie erklärst du dir sonst, die ausbleibende Berichterstattung über das Labor, das ich in Utah gesprengt habe? Oder die Anzahl an militärartigem Personal, das als Security in deinem Labor arbeitete?"

„Ich verstehe, was du meinst."

Layne öffnet noch einen Videoclip von dem Zuchtprogramm. Nash ist mit der gleichen Frau zusammen, die wir zuvor sahen, nur verlässt sie dieses Mal seinen Käfig. Die Kamera zoomt auf ihren Hals.

„Heilige Scheiße", hauche ich.

„Was?"

„Er hat sie markiert." Wenn es stimmt, was ich sehe, muss Nashs Tier am Sterben sein, weil er von seiner Gefährtin getrennt ist. „Such die Datei der Frau – ihr Name ist Denali Decker."

Layne klickt sich zu dem Ordner durch. Ich nehme mein Handy in die Hand und texte Kylie: *Lies die Akte über Denali Decker. Bitte hilf mir, ihren Aufenthaltsort zu finden.*

Ich brauche etwas, das ich Nash anbieten kann, und ich denke, ich habe gerade mein Druckmittel gefunden. Wenn ich ihm helfen kann, seine Gefährtin zu finden, muss er mir helfen, Smyth zu Fall zu bringen.

„Also brauchst du Nashs Hilfe, um zu Smyth zu gelangen. Und was dann? Warum willst du Smyth finden?" Ihre grünen Augen mustern mich besorgt. Sie kennt die Antwort bereits.

Meine Fäuste ballen sich. „Wenn ich Smyth finde, werde ich ihn töten." Ich wende den Blick ab, damit ich Laynes Missbilligung nicht sehen muss.

Das ist es, was ich tun musss. Die Involvierung der Regierung zu enthüllen, ist wichtig. Genauso wie Santiago zu finden. Aber wenn ich sterben würde, während ich Smyth zu Fall bringe, würde ich mein Leben als vollständig betrachten. Er ist derjenige, der für mein persönliches Leid verantwortlich ist. Ich habe lange Zeit geduldig auf meine Rache gewartet.

Mein Handy klingelt. Es ist Declan.

„Hier ist Sam", antworte ich.

„Nash hat dem Kampf zugestimmt", sagt Declan ohne Einleitung. „Zwei Uhr heute Nachmittag."

Ich rutsche vom Bett und trete nach draußen, damit Layne es nicht hört. „Ich werde da sein."

„Parker und ich denken, dass du das nicht tun solltest."

„Ich werde es tun."

„Okay, Kumpel", sagt Declan, bevor er auflegt. „Es ist deine Beerdigung."

KAPITEL NEUN

Layne

NACH DEM MITTAGESSEN lässt mich Sam mit dem Laptop allein und sagt mir, dass er noch einige Besorgungen erledigen muss. Zuerst bin ich begeistert, mit meiner Forschung allein gelassen zu werden. Mich nur minimal schuldig fühlend, lade ich sie auf eine Cloud, auf die ich später von überall zugreifen kann. Sam versprach mir einen Kompromiss und ich glaube ihm, aber meine Forschung ist mein gesamtes Leben.

Während sie hochlädt, schleicht sich eine ungute Vorahnung an mich an. Die Sonne fällt mittlerweile schräg durch die Fenster. Es wird spät.

Wo zum Kuckuck ist Sam?

Ein Klopfen an der Tür erschreckt mich.

„Layne? I-i-ich bin's", ruft Laurie. Als ich die Tür

öffne, lächelt mich der hochgewachsene Mann verlegen an und hält eine weiße Essenstüte hoch. „Ich habe dir etwas zu essen mitgebracht."

„Danke", erwidere ich, aber nehme die Tüte nicht. Irgendetwas stimmt hier nicht. Sam ist fort und Laurie weicht meinem Blick aus.

„Nun, ich werde dich ei-ei-einfach wieder –"

„Wo ist Sam?"

Die Augen des Mannes weiten sich. „Ähm –"

Ich schüttle den Kopf. „Ich wusste es. Er hat etwas vor."

Der große Mann blinzelt mich an und sein Adamsapfel hüpft wild auf und ab.

Ich gehe auf die Zehenspitzen und nutze jeden Zentimeter meiner Größe aus. „Wo ist er, Laurie?"

Der zuckende Gestaltwandler knickt ein. „Er wollte nicht, dass ich es dir sage... er ist in der Grube. Er und Nash werden miteinander kämpfen."

~.~

SOWIE LAURIE das Auto auf den Parkplatz fährt, springe ich aus dem Wagen und stapfe zur Tür.

„W-w-warte!", ruft Laurie. Mit seinen langen Beinen holt er mich schnell ein.

„Versuch nicht einmal, mich aufzuhalten", gifte ich. Einige Biker drehen sich um, vermutlich weil sie sich wundern, warum ein Mensch auf dem Gelände ist, aber

Spezies jeder Art erkennen eine angepisste Frau und sie kümmern sich sofort wieder um ihre eigenen Angelegenheiten.

„Warte mal, kleines Fräulein." Declan erscheint in der Tür und streckt eine Hand aus, um meinen Vormarsch zu stoppen. „Mädel, ich glaube nicht –"

„Ich werde nicht gehen, bis ich Sam gesehen habe", zische ich und zerre meinen Kragen zur Seite, wo Sams Biss an meinem Hals zu sehen ist, rot und roh.

„Ist das –" Declan verstummt, die Augen auf die Narbe fixiert. Seine Nasenlöcher blähen sich.

„Der Paarungsbiss", murmelt Laurie. Seine langen Finger streichen meinen Kragen zur Seite, sodass er den Biss genauer untersuchen kann. „Oh Layne. Herzlichen Glückwunsch."

„Dankeschön." Ich dränge eine ganze Reihe an Emotionen zurück. Sam hat Freunde in der Gestaltwandlergemeinschaft und stärkere Beziehungen, als ihm klar ist. „Ihr müsst mich dort reinlassen. Ich muss ihn aufhalten."

„Dort drin geht's zu wie im Irrenhaus", informiert mich Declan. „Es ist verrückter als das letzte Mal. Sam würde nicht woll'n, dass du verletzt wirst."

„Vor allem nicht, wenn du seine Gefährtin bist", fügt Laurie hinzu.

Das Einzige, das furchterregender ist als eine wütende Frau, ist eine weinende Frau. Ich denke daran, was Sam und ich letzte Nacht geteilt haben, und dann stelle ich mir vor, wie er blutend auf dem Boden in der Grube liegt wie der letzte Kämpfer, der sich Nash gestellt hat.

„Oh nein." Declans Augen werden fast so groß wie die

von Laurie. „Reg dich jetzt nicht auf. Sam wird mich umbringen."

„Bitte lasst mich durch", sage ich und sie treten endlich aus dem Weg.

Die zwei laufen dicht hinter mir, während ich nach unten in den Keller steige. Der Laden ist proppenvoll. „Mensch", zischt mich jemand an, aber ich ignoriere ihn und gehe schnurstracks zu dem Käfig, wo sich zwei Kämpfer gegenüberstehen.

Declan und Laurie helfen mir, mich zwischen den dicken Körpern hindurch zu schlängeln, aber ich erreiche den Maschendrahtzaun gerade rechtzeitig, um zu hören, wie Parker die Ankündigung zum Beginn des Kampfes beendet.

Ich bin zu spät.

~.~

Sam

DAS GEBRÜLL der Menge verblasst zu einem dumpfen Dröhnen, während Nash und ich uns umkreisen.

In Nashs Augen leuchtet stets sein Löwe hell. So aus der Nähe würde ihn niemand für einen zurechnungsfähigen Gestaltwandler halten.

„Du solltest nicht hier sein", informiert er mich.

„Du hast recht." Ich hebe meine Fäuste. Er blinzelt,

aber balanciert automatisch sein Gewicht und macht sich für den Kampf bereit.

„Wir sind gleich, du und ich", sage ich, während ich seinem ersten Schlag ausweiche. Ich mag nicht viel Gewicht auf meiner Seite haben, aber dadurch bin ich in einem Kampf schnell.

„Kenne ich dich?"

„Nein. Aber das solltest du. Wir haben die gleiche Mission." Ich schwinge halbherzig nach ihm, weil uns die Menge anbrüllt, endlich richtig loszulegen.

Seine Stirn runzelt sich, während das zu ihm durchsickert. „Gehörst du zur Sondertruppe?"

„Nein. Ich bringe Data-X zu Fall."

Etwas blitzt in seinen Augen auf und dann ist es fort. „Ich weiß nicht, wovon du redest."

Eine Sekunde lang glaube ich ihm. Es ist möglich, dass er ein solches Trauma erlitten hat, dass er sich nicht mehr erinnert.

„Ich war dort in der Nacht, in der du entkommen bist. Ein anderer Wolfgestaltwandler hat dich rausgelassen. Erinnerst du dich?"

Nash sagt nichts, aber seine Lippen ziehen sich zu einem Knurren nach hinten. Falls er sich nicht an das Alphaprojekt erinnert, so tut es zumindest sein Löwe. Er geht auf mich los und schlägt nach mir.

„Es ist fort." Ich weiche zurück, ducke mich und husche hinter ihn. Die Menge verspottet mich.

„Was?" Nashs Stimme ist größtenteils ein Knurren.

„Das Data-X Gebäude. Nun, das eine. Die Zelle, in der sie dich eingesperrt haben und jedes Stück ihrer Ausrüstung. Es ist fort. Von der Erdoberfläche getilgt." Es gelingt mir einen Treffer in seine Seite zu landen, bevor er meinen Kiefer mit einem rechten Haken trifft, der mich rückwärts gegen den Käfig schleudert.

„Woher weißt du das?" Er stürzt sich mit erhobener Faust auf mich.

Ich ducke mich, rolle mich herum und springe hinter ihm wieder auf. „Ich bin derjenige, der die Bomben gelegt hat."

Eine Sekunde lang starrt mich Nash nur an. Ich erhalte diese Reaktion oft, wenn ich zugebe, Dinge in die Luft gejagt zu haben.

„Du lügst nicht", murmelt er.

„Ich habe auch ihre Dateien gestohlen. Forschungsakten, alles – ist aus ihrem System gelöscht."

Er schüttelt den Kopf. „Kleiner... du bist irre."

„Mach ihn fertig", kreischt jemand in der Menge. Sie sind wegen eines Kampfes hier. Sie wollen mehr Blut.

Nash scheint sich darauf zu besinnen, wo er ist. Er verlagert sein Gewicht auf seine Fußballen. Etwas in seinen Augen warnt mich eine Sekunde, bevor seine Faust fliegt.

Ich weiche dem Schlag aus, aber gerade so. Ich kann mir das Lächeln nicht verkneifen. Wenn mich Nash wirklich treffen wollte, hätte er mich getroffen. Das ist alles nur zur Show.

Ich schlage nach im und tänzle aus dem Weg, als er auf mich losgeht. Einige Sekunden kämpfen wir. Einige Treffer finden ihr Ziel, aber nichts Ernstes.

„Hast du mich deswegen herausgefordert? Um mir das alles zu erzählen?"

„Und um dich um Hilfe zu bitten. Ich werde ihnen den

Garaus machen. Ich brauche deine Hilfe im Kampf gegen sie."

Nash saugt scharf die Luft ein. Das Licht in seinen Augen flammt hell auf, dann erstirbt es. „Ich kann nicht. Mein Löwe erlaubt es nicht."

„Nein, dein Löwe will es. Du hältst ihn zurück." Ich schlage mit meinen Fäusten nach ihm und drehe mich außer Reichweite. Als ich zurückkomme, finde ich mich nicht Nash gegenüber.

Ich stehe dem Löwen gegenüber.

~.~

Layne

DIE MENGE um uns herum murmelt. Etwas stimmt nicht. Nash und Sam bewegen sich durch den Käfig und machen den Eindruck, als würden sie nur einen Scheinkampf führen. Sie reden miteinander, aber ich kann nicht hören, was sie sagen.

Dann verändert sich alles.

Nashs Faust schnellt nach vorne und erwischt Sams Kiefer. Ich zucke zusammen, als Sam durch die Luft fliegt und in den gegenüberliegenden Zaun kracht.

Die Grube erzittert unter dem schadenfrohen Gebrüll der Menge.

„Scheiße", flucht Declan.

Ich kämpfe mich nach vorne, bis ich den Maschendraht des Käfigs packe. Sam ist wieder auf den Füßen, weicht aus und tänzelt vor und zurück, während Nash auf ihn einschlägt. Blut spritzt nach einem heftigen Schlag aus seiner gebrochenen Nase.

„Wir müssen das stoppen", heule ich.

„Zu spät, Mädel. Bete einfach, dass Sam unten bleibt, wenn er zu Boden geht."

~.~

Sam

MEIN SICHTFELD VERSCHWIMMT und ich wische mir den Schweiß aus den Augen. Mein Kiefer pocht, mein Körper schmerzt. Gestaltwandler regenerieren sich ziemlich schnell, aber Schmerz ist Schmerz. Schläge tun trotzdem weh.

Und wenn Nash genug von ihnen richtig hintereinander platziert, dann werde ich irgendwann zu Boden gehen. Meine Haut wird zusammenwachsen, aber sich von einem Schlag gegen den Kopf zu erholen, kann seine Zeit dauern.

Ich brauche es unbedingt, dass sich Nash die Videoaufnahmen anschaut und mir erzählt, was er weiß. Ich habe keine Spuren mehr, die zu Data-X führen. Er ist meine einzige Chance, Smyth in die Finger zu kriegen.

Ich muss diesen Kampf gewinnen.

Nash zielt mit einem weiteren Schlag auf meinen Kopf. Ich bewege mich gerade rechtzeitig, dass er mich trifft, aber nicht K.O. schlägt. Ich lande selbst einige Treffer – schwache Schläge im Vergleich zu Nashs brutalen Schwingern.

Aber ich habe noch einen Trumpf in der Hinterhand.

„Ich habe sie gesehen", keuche ich, als Nash und ich wieder dazu übergangen sind, einander zu umkreisen und in der Nähe der Ecken zu bleiben. „Die Löwin, die sie zu dir in die Zelle gesteckt haben."

„Eine von vielen." Hinter seiner ausdruckslosen Miene verbergen sich seine traurigen Augen.

Ich schüttle den Kopf. „Diese eine nicht. Diese eine war besonders. Ihr Name war Denali."

Nash blinzelt und erstarrt. Er gibt seine Kampfhaltung auf und seine Augen blitzen hell auf. Er erinnert sich.

„Das ist richtig", sage ich sanft. „Du erinnerst dich an sie, nicht wahr? Selbst wenn du es nicht tust, dein Löwe erinnert sich."

„Sie haben mich gezwungen." Sein Atem entweicht im schnell. „Sie haben die Frauen in die Zelle gesteckt und sie haben mich gezwungen –"

„Sie war mehr als das für dich", dränge ich weiter auf ihn ein, obwohl sich Nashs Schultern krümmen und sein Körper reagiert, um ihn vor der Erinnerung zu schützen. „Deswegen erinnerst du dich an sie. Denali."

„Nein", knurrt er. „Sag ihren Namen nicht."

„Ich sah die Videoaufnahmen, Nash. Ich weiß, wer sie für dich war. Genauso wie dein Löwe, auch wenn du versuchst, es zu vergessen."

„Sie war nur eine von den anderen", entfährt es Nash. „Noch eine Frau, die dazu gedacht war, dass ich mit ihr schlafe. Wir hatten eine Nacht."

„Eine Nacht ist genug", sage ich leise. Aus dem Augenwinkel sehe ich ein vertrautes Gesicht. Layne. Sie ist an den Zaun gepresst und formt meinen Namen mit den Lippen. Nash ist gefährlich, labil. Eine Bombe, die gleich explodieren wird. Aber ich bin so nah dran.

Ich hole tief Luft und entzünde die Zündschnur. „Du hast nicht nur mit ihr geschlafen, Nash. Du hast sie markiert."

~.~

Layne

„NEIN!" Der Schrei hallt durch die Grube, ein qualvolles Jaulen, das die Menge zum Verstummen bringt.

Ein Löwe bricht aus Nashs Haut hervor und rammt Sam. Im ganzen Laden bricht ein Tumult aus.

„Ich fasse es nicht. Er hat gewonnen", haucht Parker.

„Wegen einer Formalität, klar, aber ein Sieg ist ein Sieg." Declan schüttelt den Kopf.

„Was?" Ich gehe auf die Zehenspitzen.

„Er hat Nash dazu gebracht, sich zu verwandeln", murmelt Laurie.

„Oh mein Gott", schreie ich. Der Löwe kauert sich

nieder und bohrt seine Krallen in Sams Brust. Ich packe Parkers Arm. „Hilf ihm!"

Declan und Parker sind bereits in Bewegung und kämpfen sich mit mir auf den Fersen zum Käfig durch.

„Wir müssen Nash von ihm runterholen", rufe ich.

„Scheiße!", flucht Declan. „Wenn die Krallen in seinem Herz stecken, kann er sich nicht heilen."

Wir betreten den Käfig und Parker und Declan werden langsamer, als sie sich den beiden nähern – der riesige Löwe dreht seinen Kopf und knurrt uns an. Meine Beine werden zu Wackelpudding.

„Nash, lass ihn gehen", ruft Parker, doch weder er noch Declan gehen näher.

Sam keucht und Blut sprudelt aus seinem Mund.

„Geh runter", kreische ich und eile zu dem Biest. „Geh von ihm runter."

Der riesige Kopf dreht sich zu mir und verrückte goldene Augen spießen mich dort auf, wo ich stehe.

„Du kannst ihn nicht töten." Ich ziehe an meinem Shirt und zeige ihm die rote Wunde, die bereits halb verheilt und verkrustet ist. „Er hat mich markiert, siehst du? Er ist mein Gefährte. *Mein Gefährte.*"

Eine schreckliche Sekunde lang warte ich darauf, dass der Löwe seinen tödlichen Kiefer öffnet und mich verschlingt. Stattdessen ruckt sein großer Kopf. Die Augen verdunkeln sich zu einem normalen Licht. Der Löwe zieht sich zurück und lässt Sam krampfend auf dem Boden liegen. Ein grellroter Sturzbach sprudelt aus seiner Brust. Ich werfe mich auf die Knie und presse meine Hände auf seine Brust, um den Strom zu stoppen.

„Oh bitte, oh bitte."

„Benutz das hier." Laurie kniet sich neben mich und reicht mir sein Hemd. Der große Mann ist dünn, zu dünn für einen Gestaltwandler und auf seinem Körper sind Narben zu sehen. Im Nu präge ich mir seine Brust bis ins kleinste Detail ein. Die Welt verlangsamt sich, die Menge außerhalb des Käfigs verblasst. Nichts spielt mehr eine Rolle außer dem Mann, der unter meinen Händen stirbt.

„Du darfst nicht sterben", sage ich Sam. Es ist genau wie bei meiner Mom. Ich sah zu, wie sie starb. Ich konnte sie nicht retten.

„Layne." Jemand ruft meinen Namen.

„Layne", wiederholt Parker, der neben mir kauert. „Die Wunden können sich schließen", sagt Parker. „Er ist ein Wolf. Er sollte sich heilen können."

„Wenn er stirbt, werde ich dir das niemals verzeihen", fauche ich den grauhaarigen Gestaltwandler an.

„Wenn er stirbt, werden wir uns das selbst niemals verzeihen." Declan kniet auf Sams anderer Seite und hilft, die Blutung zu stillen.

Sam erschaudert unter meinen Händen und hustet Blut.

„So ist's recht, Wolfie, lass es raus." Declan und Laurie helfen, Sam zu stützen.

„Bewegt ihn nicht —", setze ich an, doch Parker hält mich zurück.

„Nein, es ist okay. Die Krallen sind draußen, der Heilungsprozess hat eingesetzt."

Sam sackt in sich zusammen, doch die Farbe kehrt in sein Gesicht zurück. Sein Körper ist blutbedeckt.

„Du hast uns ne ganz schöne Angst eingejagt, Wolfjunge", verkündet Declan. „Nash hat versucht, Schaschlik aus dir zu machen."

Sam lächelt schwach. „Ich hab schon Schlimmeres erlebt."

Ich weiß nicht, ob ich lachen, in Tränen ausbrechen oder sie alle verprügeln soll.

„Was ist passiert?", krächzt Sam.

„Du hast gewonnen. Du hast Nash dazu gebracht, sich zu verwandeln. Und dann bist du fast gestorben", erklärt Laurie. „Nash hat dich nicht losgelassen. Layne hat ihn von dir runtergekriegt."

„Hab noch nie so was gesehen. Sie hat sich dem König der Biester gestellt", sagt Declan.

„Du… hast das zugelassen?" Sam kämpft darum, Atem zu holen.

Ich reiße mich von Parker los und presse meine Finger auf Sams blutige Lippen, um ihn zum Schweigen zu bringen. „Sie konnten mich nicht aufhalten."

„Ladies und Gentlemen", verkündet Parker. „Ich präsentiere euch den Gewinner dieses Kampfes – Sam Smith!"

Die Menge bricht in eine Mischung aus Jubel- und Buhrufen aus.

„Ihr Jungs schafft ihn besser hier raus", sagt Parker. „Eine Menge Leute haben Wetten verloren, weil Sam gegen Nash gewonnen hat."

Laurie und Declan wechseln einen Blick.

„Wir gehen besser auch", beschließt der Ire.

„Vorsicht", murmle ich, als Declan und Laurie Sam in ihre Arme heben. Sam sieht bereits besser aus, was gut ist.

Denn wenn ich ihn allein erwische, werde ich ihn umbringen.

~.~

Sam

PARKER SCHEUCHT uns aus dem Käfig und ruft nach den sexy Leopardenhautmädels, damit sie reinkommen und tanzen. Laurie, Declan und Layne scharen sich um mich und schieben sich durch die Menge. Wohin ich auch schaue, sind knurrende, feindselige Gesichter.

„Renn", rät mir Declan und wir joggen den Rest des Weges zur Hintertür – die Tür, die die Kämpfer benutzen. Vier große Türsteher schließen sie hinter uns und hindern den Mob daran, uns anzugreifen.

„Hier lang." Parker führt uns zurück zu einem Umkleideraum. Er öffnet ein Schließfach und zieht einen Verbandskasten heraus, den er auf die Bank wirft. „Legt ihn hin, verbindet ihn."

„Mir geht's gut, mir geht's gut." Ich schlage Lauries Hände weg.

Layne schiebt Laurie aus dem Weg und kommt meinem Gesicht ganz nah. „Dir geht's nicht gut", schimpft sie. „Du bist fast gestorben."

„Ich heile", informiere ich sie sanft, aber sie ignoriert mich, streift sich Handschuhe über und packt einen grellpinken Verband.

„Ich werde dir etwas Fleisch besorgen", teilt mir Parker mit und verschwindet.

Declan und Laurie treten zurück, als sich Layne an die Arbeit macht.

„Ich hatte noch nie zuvor einen Arzt-Fetish", fängt Declan an.

„Du kriegst jetzt besser auch keinen", knurre ich und zucke zusammen, als Layne den Verband mit ruckartigen Bewegungen um mich wickelt. Es wird eine Menge Blumen und Schokolade brauchen, um mir ihre Vergebung zu verdienen. Trotzdem kann ich die aufgeregte Freude darüber, eine Gefährtin zu haben, der ich wichtig bin, nicht unterdrücken.

„Gebt uns einen Moment, Jungs", befiehlt Layne und sie schlendern in die Richtung davon, die Parker eingeschlagen hat.

Layne beugt sich mit geröteten Wangen über mich. Ich beobachte, wie sich ihre Brüste unter dem dünnen Shirt bewegen. Als wüssten sie, dass ich zuschaue, richten sich ihre Nippel auf und sind plötzlich unter ihrem BH und T-Shirt zu sehen. Adrenalin durchströmt mich und ich weiß, dass es sich auch auf sie auswirkt.

„Weißt du", sage ich, während ich mit einer Hand die Rückseite ihres Beines hochstreichle, „manche Frauen werden von Kämpfern angetörnt." Das war eine dumme Idee. Mit einer wütenden Frau zu flirten zu versuchen, ist ungefähr so dämlich, wie mit einer zu flirten zu versuchen, die man gerade erst entführt hat. Und es bringt mich auch ungefähr genauso weit.

Sie entfernt ihre Handschuhe und schlägt mich mit ihnen. „Du hast Glück, dass ich dir nicht den Kopf abreiße. Was hast du dir nur dabei gedacht, mit Nash zu kämpfen?"

Ich versuche, mich auf meine Ellbogen zu stemmen,

aber sie legt eine Hand auf mein Brustbein und drückt mich nach hinten. „Es tut mir leid. Ich habe es dir nicht erzählt, weil ich nicht wollte, dass du dir Sorgen machst. Das war das Einzige, das mir eingefallen ist, damit ich mit ihm reden konnte."

Sie schüttelt den Kopf und ich schrecke zurück, als ich sehe, dass ihre Augen in Tränen schwimmen. Mir wäre es lieber, wenn mir Nash noch mal das Herz durchbohren würde, als wenn ich damit leben müsste, meiner Frau wehgetan zu haben.

„Sam, ich sterbe." Frischer Schmerz durschneidet meine heilenden Wunden. „Ich weiß nicht, wie lange ich noch habe – ein Jahr, bis ich einen bedeutsamen Teil meiner Körperkontrolle verliere? Danach noch ein Jahr, bis mein Gehirn degeneriert und ich nur noch dahinvegetiere? Ich habe zugesehen, wie meine Mom das durchgemacht hat und es ist kein schöner Anblick." Sie schüttelt den Kopf. „Ich kann nicht von dir verlangen, das durchzumachen."

„Layne, was willst du damit sagen?"

„Ich kann das nicht tun. Ich kann nicht in einer Beziehung sein."

Meine Fresse. Sie macht Schluss mit mir. Obwohl ich ihr nichts zu bieten habe, rebelliert jedes Organ in meinem Körper und ist bereit, seine Funktion einzustellen in Protest auf ihren Weggang.

Doch… sie sieht noch immer wütend aus. Was bedeutet, dass ich hier noch eine Chance haben muss. Eine wütende Frau ist eine völlig andere Geschichte als eine resignierte. Es bedeutet, dass es sie kümmert.

Sie piekt einen Finger mitten in meine Brust. „Aber *du*,

du stirbst *nicht*, Sam Smith. Du bist ein kluger, junger, attraktiver und extrem fähiger Wolf, der noch sein ganzes Leben vor sich hat. Du darfst *nicht* einfach dein Leben auf deiner dämlichen Mission wegwerfen."

Ich starre sie an, unschlüssig, welchem Teil ihrer Tirade ich meine Aufmerksamkeit schenken soll. *Klug, jung, attraktiv?* Mein Wolf will einen kleinen Freudentanz um ihre Beine aufführen. Aber dann verarbeite ich den Rest ihrer Worte.

„Es ist keine dämliche Mission."

Dr. Layne Zhao kann stur sein. Aber sie hat keine Ahnung wie unbeirrbar ich sein kann. Ich habe mir geschworen, nicht eher zu ruhen, bis ich Smyth zu Fall gebracht habe, und ich beabsichtige, das durchzuziehen.

Jeglicher Kampfgeist verlässt Layne und ihre Schultern sinken nach unten, was viel, viel schlimmer ist, als sie wütend zu sehen. „Ich meinte es nicht so. Mir ist klar, dass du auch versuchst, den Leuten zu helfen. Du versuchst, weitere Ungerechtigkeiten zu verhindern und das ist eine gute Sache, aber zu welchem Preis?" Sie spreizt ihre Hände, ihr Blick ist flehend. „Es ist es nicht wert, dass du dein Leben dafür gibst."

Ein backsteingroßer Brocken befindet sich in meiner Brust, der sich einfach nicht bewegt, trotz Laynes Worten. Mit Smyth abzurechnen, *ist* mein Lebenszweck. Mir ist egal, ob ich dabei sterbe. Tatsächlich habe ich immer angenommen, dass ich das tun würde.

„Layne…" Ich reibe mir über die Stirn. „Ich habe kein Leben. Ich bin gebrochen. Smyth hat mich gebrochen, bevor ich überhaupt ein Mann wurde. Du hast Declan und Laurie und Nash gesehen. Sie sind auch gebrochen. Ich habe nichts, wofür es sich zu leben lohnt – das hatte ich nie. Also sind du und ich gleich. Du nutzt deine letzten Stunden, um die Wissenschaft voranzutreiben und Leben zu retten. Ich benutze meine, um das hier zu Ende zu bringen."

Eine Träne kullert über Laynes Gesicht, aber sie schlägt auf die unverletzte Seite meiner Brust. „Du irrst dich! Du bist nicht gebrochen, du bist nur beschädigt. Und wenn es eine Sache gibt, die ich heute gelernt habe, dann ist es, dass Wölfe heilen können. Also heile dich, verflixt und zugenäht. Du hast Freunde, denen du wichtig bist. Du hast –" Sie stoppt und schluckt. „Du hast mich. Deine Gefährtin."

Ich richte mich auf, greife nach ihr und drücke sie an meine Brust. Der Geruch ihrer Tränen veranlasst meinen Wolf dazu, sich das Fell auszureißen, weil er das hier in Ordnung bringen will. „Habe ich das? Ich dachte, du hättest gerade versucht, dich von mir zu verabschieden."

Sie schlägt mir erneut auf die Brust. „Es wird ein Abschied werden, wenn du jemals wieder so etwas Wahnsinniges tust!", schimpft sie durch ihre Tränen.

„Baby." Ich ziehe sie noch näher und streichle ihre tiefschwarzen Haare. „Meine hübsche Ärztin. Es tut mir leid, dass ich dich aufgeregt habe."

Sie versucht, sich von mir zu lösen. „Sag nicht, dass es dir leidtut, dass du mich aufgeregt hast. Sag, dass du *aufhören* wirst. Sag, dass du das Leben ehren wirst, das du hast. Wenn nicht für dich, dann für mich. Denn ich bekomme keines."

Meine Kehle schnürt sich zu und meine Augen brennen. Ich vergrabe mein Gesicht in ihren Haaren. „Ich verspreche es", murmle ich schroff.

Jemand räuspert sich. Die Männer sind alle zurückgekehrt. Declan und Laurie sehen ein bisschen bedröppelt wegen meinem und Laynes Anblick aus. Parker marschiert mit einer verbeulten Kühlbox nach vorne und stellt sie auf die Bank.

„Hier", sagt er. „Frisches Fleisch. Du musst dein Blut wieder auffüllen."

„Ist es weise, jetzt zu essen?" Layne sieht angewidert von dem saftigen rohen Steak aus, das ich aus der Kühlbox hebe.

„Oh yeah", stöhne ich und falle über das Fleisch her. „Essen der Götter."

„Nash ist fort", sagt Parker. „Er hat auch einige ziemlich große Kratzspuren auf der Tür hinterlassen. Aber er hat mir gerade einen Ort und Zeit gesimst."

„Das bedeutet –" Layne verstummt.

Parker nickt. „Er ist gewillt, sich zu treffen."

KAPITEL ZEHN

*L*ayne

NASH WOHNT IN EINEM WOHNWAGEN, der Sams Safe House ähnelt und an der Seite eines Berges steht.

Der ehemalige Soldat tritt auf die Veranda, als Sams Van vorfährt. Er ist barfuß, trägt Tarnhosen und ein grünes Armee-T-Shirt. Er verschränkt die Arme vor seiner beeindruckenden Brust, als wir alle aussteigen und seine Veranda erklimmen.

„Ich habe versucht, sie zurückzulassen." Sam deutet mit dem Daumen zu Declan und Laurie.

„Wir sind ein Team", verkündet Declan. „Außerdem hab ich Schnaps mitgebracht."

Ein leises Grollen setzt in Nashs Brust ein, aber es stoppt und er weicht zurück, um uns alle reinzulassen.

„Bist du verrückt?", flüstere ich Declan zu, während wir alle nacheinander nach drinnen gehen.

Der Ire zuckt mit den Achseln. „Du hast das Kätzchen gezähmt."

Nash dreht sich um und starrt ihn finster an. „Das habe ich gehört."

„Oh schau an, das ganze Rudel ist hier", ruft Parker vom Sofa. Er hebt grüßend einen roten Becher.

„Wir sind kein Rudel", widerspricht Nash.

„Sagst du." Declan legt einen Arm um mich. „Wir sind eine richtige kunterbunte Truppe, nicht wahr, Liebes?"

Sam knurrt.

„Ich glaube nicht, dass es Sam gefällt, wenn du mich ‚Liebes' nennst." Mit einem Finger und Daumen packe ich Declans Ärmel, hebe seinen Arm von mir und lasse ihn fallen.

„Nein, Wolfie? Wirst du um die Lady mit mir kämpfen?"

Ich halte einen Finger hoch, bevor Sam antworten kann. „Lass es mich klarstellen. Ich mag es nicht, wenn du mich so nennst. Also hör auf damit. Verstanden?"

„Kapiert." Nach wie vor grinsend, weicht Declan zurück. „Glasklar."

Laurie gluckst.

Ich funkle ihn sicherheitshalber auch finster an.

„Also Layne", fragt Parker. „Wie haben du und Sam euch kennengelernt?"

Ich wende mich an den grauhaarigen Gestaltwandler. „Er ist in mein Labor eingebrochen, hat meine Forschung gestohlen und mich entführt."

Laurie verschluckt sich an seinem Drink.

„Dann habe ich einen Beruhigungspfeil auf ihn abgeschossen und ihn am Straßenrand zurückgelassen. Aber Sam ist in genau dem Moment aufgetaucht, als Data-X mich töten wollte und hat mein Leben gerettet." Ich zucke mit den Achseln. „Seitdem sind wir unzertrennlich."

„Ich verstehe", sagt Parker.

Sam räuspert sich. „So sehr ich diese kleine Soiree auch genieße, Nash und ich müssen uns unter vier Augen unterhalten." Er hält seine Laptoptasche hoch. „Ich habe etwas, das ich ihm zeigen möchte. Etwas Persönliches."

„Mach nur." Declan winkt mit einer Hand. Er schnappt sich die Flasche, die neben Parker steht, und füllt Lauries Becher auf. Was auch immer die klare Flüssigkeit ist, sie riecht wie Terpentin.

Ich schüttle den Kopf. Diese Männer sind vollkommen irre.

„Wir können dort hinten reden", sagt Nash und ruckt mit dem Kopf zu einem Flur, der zum anderen Ende des Wohnwagens führt.

„Layne." Sam reicht mir seine Hand.

„Bist du dir sicher?", forme ich mit den Lippen und er nickt. Als ich seine Hand nehmen, drückt er sie.

Nash führt uns zu einem Hinterzimmer – einem Schlafzimmer. Sam zögert nicht, sondern setzt sich einfach und öffnet seinen Laptop.

„Das hier ist die Videoaufzeichnung." Er dreht den Bildschirm zu Nash, reicht ihm ein Paar Kopfhörer und steht dann auf, kommt zu mir zurück und zieht mich in den Flur. „Nash muss sich das allein anschauen."

Ich nicke und erlaube Sam, mich in seine Arme zu ziehen. Ich muss es nicht sehen oder hören, um zu wissen, was auf dem Bildschirm zu sehen ist: Aufnahmen von Nash und seiner Gefährtin.

Sam hält mich einige Minuten in seinen Armen. Wir haben die Tür offengelassen und ab und zu werfe ich einen Blick auf Nashs Gesicht. Seine Miene ist ausdruckslos, aber seine Augen leuchten hell.

Schließlich entfernt er die Kopfhörer. „Wo ist sie?"

„Ich weiß es nicht. Ich weiß auch nur das, was du gesehen hast. Ich habe es mir nicht angeschaut", stellt Sam klar. „Ich habe den Großteil übersprungen, aber das Ende ist eindeutig – du hast sie markiert."

Nash sitzt eine Sekunde lang so still da, dass ich mich frage, ob er überhaupt noch atmet.

„Ich erinnerte mich nicht mehr", beginnt er und räuspert sich. „Ich hatte sie vergessen. Ich zwang mich, sie zu vergessen Aber irgendwie wusste ich es immer."

„Sie ist deine Gefährtin", sagt Sam. „Sie lebt noch. Ihre Akte sagt, dass sie entkommen ist. Ich werde dir helfen, sie zu finden, aber zuerst stoppen wir Smyth."

Nashs Blick gewinnt wieder an Schärfe. „Was brauchst du von mir?"

„Ich weiß nicht, wo er ist. Die Programmakte sagte, dass du aus dem Militär zu Data-X gekommen bist. Ich brauche eine Möglichkeit, Smyth aufzuspüren. Ich habe keinerlei Hinweise mehr. Ich hatte gehofft, dass du mir irgendetwas erzählen könntest, das mir eine Vorstellung über sein Leben außerhalb von Data-X verschaffen könnte."

„Kannst du uns erzählen, wo du Smyth zum ersten Mal getroffen hast?", frage ich. „Es war, nachdem du die Sondertruppe verlassen hast, stimmt's?"

178

Nash bekommt wieder einen geistesabwesenden Blick. „Ich war… verzweifelt. Ich hatte PTBS von Afghanistan und einen Löwen, der das Töten liebte. Ich brauchte Hilfe. Smyth war ein Militärarzt. Er erzählte mir, dass er mir helfen würde."

„Das hat er mir auch erzählt", sage ich. „Letzten Endes arbeitete ich für ihn, bis Sam kam und mir die Wahrheit gezeigt hat."

Nash nickt.

„Ich bin dort rein in der Annahme, dass er mich irgendwie neu konditionieren würde. Es gab Tests – Belastungstests, Schmerzschwellentests. Sie störten mich überhaupt nicht, aber ich war immer noch ein absolutes Desaster. Ich fing an, mehr Fragen zu stellen.

Smyth gab mir die falschen Antworten. Mir wurde klar, dass sie nicht versuchten, Soldaten dabei zu helfen, sich vom Krieg zu erholen, sondern dass sie Experimente durchführten, um Supersoldaten zu erschaffen. Sie wollten die Heilfähigkeiten der Gestaltwandler duplizieren und auf Menschen übertragen. Ich nahm es auf mich, die Forschungseinrichtungen zu suchen. So fand ich die anderen Testpersonen. Die Meisten waren wegen der Experimente, die Smyth an ihnen durchführte, am Sterben. Einige von ihnen waren jung – kaum Teenager. Mein Löwe kam raus und ich griff Smyth an."

Er presst sein Kiefer zusammen. „Das war der Moment, in dem ich auch ein Gefangener wurde. Unfähig, irgendjemandem zu helfen." Er blickt aus dem Fenster. „Unfähig… *ihr* zu helfen."

„Sie ist allein entkommen. Sie ist frei, aber sie ist nicht

in Sicherheit. Keiner von uns ist das. Nicht, bis wir Smyth stürzen", sagt Sam.

Das irre Leuchten tritt wieder in Nashs Augen. „Dann bringen wir Smyth zu Fall", sagt er grimmig.

Sam nickt. „Wenn du mir hilfst, ihn zu finden, verspreche ich, dass ich deine Gefährtin finden werde."

KAPITEL ELF

S am

„KOMM SCHON." Ich greife nach Laynes Hand, als wir Nashs Heim verlassen. Laurie, Declan und Parker trinken noch immer den widerlich riechenden Alkohol, den Declan von weiß-Gott-woher erschnorrt hat. Ich habe beinahe Mitleid mit Nash und dann fällt mir wieder ein, wie sich seine Krallen in meiner Brust anfühlten.

Ein wenig betrunkener irischer Gesang wird dem Löwen vielleicht guttun. Er kann sie schließlich jederzeit rauswerfen.

„Wohin gehen wir?", fragt Layne, die neben mir stapft. Ich führe sie zu einem Motorrad – eine alte Triumph, an der Declan gewerkelt hat. Er hat mich bei meiner Leber schwören lassen, dass ich sie in einem Stück zu ihm zurückbringen würde.

Wankende Töne von „All for Me Grog" erreichen uns. Ich bezweifle, dass Declan bemerken wird, wenn wir ein klitzekleines bisschen zu spät kommen.

„Ein Motorrad? Wirklich?" Laynes Miene hellt sich auf.

Ich reiche ihr einen Helm. „Bist du jemals auf einem gefahren?"

„Nein, aber ich wollte es immer mal tun."

„Spring auf, Süße." Als sie sitzt, ziehe ich ihre Arme fest um mich. „Alles okay bei dir?"

„Ja! Solltest du nicht auch einen Helm tragen?"

Ich zucke mit den Achseln und lasse das Bike nach vorne röhren und freue mich über ihr begeistertes Kreischen. Wir fahren schnell und nehmen die landschaftlich schönere Route zum La Jolla Strand, wobei wir nur anhalten, um Essen zu besorgen, und bei einem Laden, wo sie sich Badesachen kaufen kann.

„Dankeschön." Sie drückt mich, bevor sie von dem Bike hüpft. Ich folge ihr wie ein Welpe, ein breites dümmliches Grinsen im Gesicht, aber es ist mir egal.

Einige Stunden später denke ich, dass es nicht meine beste Idee war, Layne zum Strand zu bringen.

Sie in diesem winzigen blauen Bikini in den Wellen des Ozeans tanzen zu sehen, stellt meine Willenskraft schwer auf die Probe. Ich starre die ganze Zeit auf das Dreieck, das die Stelle verdeckt, an der ich sein will.

Aber hier geht es nicht um mich.

Laynes Zorn gestern hat mir die kalte Realität ihres Lebens vor Augen geführt – es wird nicht lange sein.

Es wird nicht lang sein und sie hat es kaum gelebt. Sie

war ihr ganzes Leben in einem Klassenzimmer oder Labor eingesperrt.

Also beschloss ich, dass das Maß voll ist. Wir mögen keine Zukunft haben, aber wir haben diesen Moment.

Heute.

Ich schulde ihr etwas, nachdem ich sie mit dem Kampf gestern so aufgeregt habe. Ich kann meine Mission, die Welt von Smyths Bösem zu befreien, nicht aufgeben, aber ich kann zusehen, dass Layne einige der Freuden des Lebens in Südkalifornien erlebt.

Ich renne den Strand hinab, packe sie um die Taille und trage sie tiefer ins Wasser.

Sie kreischt und schlingt ihre Beine fest um mich, genau so wie ich es mir vorgestellt habe. Ich stoppe, als eine Welle an unseren Taillen bricht, dann trage ich sie noch tiefer ins Wasser. Unsere Lippen verschmelzen miteinander. Sie riecht nach Salz und Sonne und dem süßen Jasminduft, der ihre Haare überzieht.

„Ich habe mir nie vorgestellt, dass ich hier sein würde", gesteht sie.

„Wo?"

„Nicht wo. Dass ich das hier tun würde. Dass ich eine romantische Balgerei mit meinem Freund am Strand haben würde."

Das Wort *Freund* sollte nicht überall um mich herum Raketen in den Himmel jagen. Ich bin ein Wolf – wir daten nicht, wir paaren uns. Aber ich bin so verdammt stolz darauf, das für sie zu sein, dass mein frisch verheiltes Herz beinahe platzt.

Ich presse meine Stirn an ihre. „*Ist* das hier romantisch? Ich hatte es gehofft, aber ich war mir nicht sicher." Und schon wieder tue ich es. Kein Schneid. Ein Alphamännchen würde niemals eine Schwäche zugeben. Nicht einmal vor seiner Partnerin.

Aber Layne scheint es nicht zu stören, dass ich kein Alpha bin.

„Weißt du, was ich nicht verstehen kann?", frage ich.

„Was?"

„Dass nicht jeder Mann in einem Umkreis von dreißig Meilen deine Tür eingeschlagen hat, um Anspruch auf dich zu erheben. Hast du irgendeine Ahnung, wie heiß du in diesem Bikini aussiehst?" Ich kaufte unsere Badesachen in einem Geschäft, als wir hier ankamen, da keiner von uns für den Strand gerüstet war.

Laynes Schenkel spannen sich um meine Taille an und sie küsst mich erneut. Ich kann einzig und allein daran denken, dass mich lediglich ein feuchter Stofffetzen von dort fernhält, wo ich sein will.

Ich ächze. „Im Ernst, Schatz. Du wirst aufhören müssen, außer du willst, dass ich dich im Sand auf Hände und Knie stelle und dich vögle, bis du um Gnade winselst." Ich lasse ihre Hüften tiefer rutschen und führe die Stelle zwischen ihren Beinen an meinen harten Schwanz.

Ihre Innenschenkel spannen sich abermals an und ihre Nippel ziehen sich zu harten Perlen zusammen. Als sie ihre Hüften kreisen lässt, um sich an mir zu reiben, verliere ich beinahe den Stand. „Wenn ich es mir so recht überlege, hör nicht auf. Reib du deine süße Pussy weiter an meinem Schwanz und ich finde eine Möglichkeit, dich zum Höhepunkt zu bringen."

Ich trage sie zurück zum Ufer, wobei ich die Landschaft nach einem Ort, irgendeinem Ort, absuche, an dem ich mit ihr allein sein kann. Doch der Strand ist voller Leute. Ich ändere die Richtung und gehe zurück ins Wasser, in das ich wate, bis es unsere Oberkörper erreicht. Eine Welle schwappt über uns und ich springe hoch, um unsere Köpfe aus dem Wasser zu heben.

„Wie wäre es mit hier?" Ich umfange ihren Hintern und helfe ihr, sich fester an der Beule in meiner Badehose zu reiben. „Hast du dir jemals vorgestellt, dass du deinen Freund am helllichten Tag im Ozean vögeln würdest?"

„Nein", keucht sie. „Tun wir das gerade?"

Ich blicke forschend in ihr Gesicht, sehe jedoch keine Anzeichen von Furcht oder Zögern. Nur blankes Verlangen. Ich lecke das Salzwasser von ihrem Hals und stoße mich gegen den blauen Stofffetzen. „Ich habe kein Kondom dabei", gestehe ich widerwillig. Ich bin mir ohnehin nicht sicher, ob es dem Salzwasser standhalten würde. „Aber ich wette auf eine Heißluftballonfahrt, dass ich dich zum Höhepunkt bringen kann."

Sie lacht und ihr Lächeln erhellt ihr hübsches Gesicht. „Eine Heißluftballonfahrt?" Sie reckt den Hals, als könnte sie jetzt einen sehen.

Das habe ich für den Nachmittag geplant – ein Sonnenuntergangsflug über Del Mar – aber ich muss mich vergewissern, dass sie keine Höhenangst hat oder so was.

„Zeig, was du draufhast, Wolfie", murmelt sie mit heiserer Stimme.

Ich verlagere meine Hände, was leicht ist, da das Wasser jetzt den Großteil ihres Gewichtes trägt. Eine Hand umfängt ihre Pospalte und den Daumen der anderen Hand führe ich an ihre Klit. „Halt dich an meinem Hals fest, Süße. Wenn du deine Nägel in mich bohren musst, mach nur. Wenn du mich beißen willst, wird es mich nur dazu anspornen, noch eifriger an deinem Orgasmus zu arbeiten, Baby."

Ihre Lider senken sich. Wassertropfen bedecken ihr Gesicht und funkeln wie Diamanten auf ihren Augenlidern, ihren Wangen und Lippen. Sie ist jetzt eine Meeresgöttin, eine weibliche Göttin.

Ich zwänge meinen Mittelfinger über dem Stoff ihrer Badehose zwischen ihre Pobacken, bis ich den festen Muskel ihres Anus finde.

Sie belohnt mich mit einem heiseren Schrei in dem Moment, in dem ich Kontakt herstelle, und ich nutze meinen Vorteil, indem ich ihre Klit stimuliere. Sie bockt und reitet mich wie ein Wildpferd. Ich wechsle mich damit ab, ihren Anus und ihre Klit zu reizen, bis sie stöhnt, ihre perfekten Titten an meiner Brust reibt und ihre Nägel meinen Rücken zerkratzen.

„*Sam.*"

„So ist's recht, Süße. Sag meinen Namen, bevor du kommst. Denk daran, wer dich markiert hat."

„Sam, ja, Sam!", kreischt sie und kontrahiert, die Augen zusammengekniffen und dann weit aufgerissen, als hätte die Wucht ihres Orgasmus sie überrascht. „Ohhh, oh." Sie stöhnt, als er vorbeizieht und ihr Körper entspannt sich an meinem. Sie beißt in mein Ohr. „Was ist mit dir, Wolfie?"

„Ich weiß nicht so recht, was ich davon halten soll, dass du den Spitznamen benutzt, den Declan geprägt hat", bemerke ich trocken, aber ein Lächeln zupft an meinen

Lippen. Ich trage sie aus dem Wasser und das Ufer hoch, um sie auf die Badetücher zu setzen, die ich mitgebracht habe.

Ich setze mich schnell hin, um meinen Ständer zu verbergen. „Ich werde später die Bezahlung von deinem heißen kleinen Körper eintreiben", verspreche ich.

Ihre Augen weiten sich und sie leckt sich über die Lippen. „Ich liebe es, wenn du mich bezahlen lässt."

Ich öffne die Tasche mit Essen, die ich für unser Picknick mitgebracht habe, um mich von meinem Verlangen abzulenken, sie zwanzig Mal in schneller Folge für mich zu beanspruchen.

Vor allen an diesem Strand.

Runter, Junge. Dieser Tag ist für Layne. Ich öffne eine Box mit Erdbeeren und füttere ihr eine, wobei ich beobachte, wie sich der Saft an ihren Lippen sammelt und nach unten tröpfelt. Ich lecke ihn ab, dann füttere ich ihr noch eine.

„Ich war nicht im Ozean, seit meine Mom gestorben ist", sagt Layne.

Ich erstarre. „Nein?"

Sie schüttelt den Kopf. „Meine Mom liebte den Ozean. Sie hat mich früher immer zum Baker Beach gebracht. Wir sind den ganzen Tag dortgeblieben und haben in den Wellen gespielt."

Ich nehme ihre Hand und drücke sie. „Ist es schwer? Wieder am Strand zu sein?"

Sie schüttelt den Kopf. „Nein. Es ist perfekt. Alles an diesem Tag ist perfekt, Sam. Dankeschön." Sie beugt sich nach vorne und küsst die Seite meines Mundes.

Ich wickle ein Sandwich aus und reiche es ihr. „Es kommt noch mehr."

„Das tut es? Was?"

„Erinnerst du dich an unsere Wette?"

~.~

Layne

ICH HATTE KEINE AHNUNG, dass ein Swimmingpool wie ein Stutzflügel geformt sein könnte. Aber da ist er. Ich befinde mich in einem Heißluftballon und schaue hinab auf die Gärten der Reichen und Schönen. Wie sich herausstellt, hat Liberace den Pool in Klavierform einbauen lassen, aber er hat das Grundstück vor Jahren verkauft.

Ich lege meine Hand um Sams Ellbogen und stelle mich auf meine Zehenspitzen, um über den Rand des Korbes zu spähen. „Schau dir das an!", rufe ich zum fünfundvierzigsten Mal.

Sam betrachtet nicht die Aussicht, sondern beobachtet mich. Und er hat diesen sanften, glücklichen Ausdruck im Gesicht, den ich noch nie zuvor gesehen habe.

Ich werfe meine Arme um seinen Hals und küsse ihn. „Dankeschön", flüstere ich. Es sind noch andere Leute in dem Korb und ich will nicht, dass sie unseren privaten Moment hören. „Ich weiß, was du hier tust."

Er zieht mich an seine schlanke, kräftige Gestalt. „Was tue ich?"

„Für mich Punkte von der Wunschliste streichen."

Sein Griff wird fester und er holt scharf Luft, aber sagt nichts.

„Wenn ich eine Wunschliste hätte – was ich nicht habe – wäre, dich zu treffen, ganz oben", murmle ich.

Ich war nie jemand, dem es leichtfiel, anderen sein Herz auszuschütten, aber es ist, als könnte ich die Uhr ablaufen spüren – die Uhr meines Lebens. Sams Lebens. Denn ich habe das Gefühl, dass er noch nicht aus der Schusslinie ist. Es ist keine Zeit, jetzt Spielchen zu spielen. Wenn ich eine Beziehung – Liebe – erleben will, bevor ich sterbe, dann ist jetzt der Zeitpunkt dafür.

Ich bin mit dem unglaublichsten Mann, den ich jemals kennengelernt habe, in einem Heißluftballon.

Sam antwortet nicht, aber sein Atem geht schwer, als würden ihm seine Emotionen zu schaffen machen. Ich weiß, dass es verflixt schwer ist, sich mit meiner Krankheit abzufinden.

Ich lege meine Wange an seine Brust und beobachte, wie die Landschaft vorbeizieht, während wir gerade unterhalb der Wolken schweben.

„Bei mir auch", krächzt er schließlich.

Ich schaue zu ihm hoch. Seine blauen Augen sind klar, aber die Welt aus Schmerz, die ich in ihnen sah, als wir uns zum ersten Mal begegneten, ist jetzt sogar noch größer.

„Also sind unsere Leben erfüllt." Ich versuche, die Stimmung zu lockern, aber scheitere. Wir starren uns beide an.

Irgendetwas in mir schreit: *Ich bin noch nicht fertig! Ich habe noch mehr Leben vor mir, das ich leben muss!* Aber ich habe keine Wahl.

Ich kann nicht für mich wählen und so gerne ich es auch tun würde, ich kann auch nicht Sam dazu zwingen, es für sich zu wählen.

KAPITEL ZWÖLF

∞

S am

ICH DACHTE, ich hätte in diesem Leben genug gelitten, aber ich sterbe buchstäblich in meinem Inneren. Wie konnte der perfekte Tag mit Layne so wundervoll und zugleich schmerzhaft sein?

Mein Wolf will kämpfen, aber es gibt niemanden, den er auseinanderreißen kann. Niemanden der für die Krankheit bestraft werden kann, an der sie leidet. Die Krankheit, die sie viel zu früh aus diesem Leben rauben wird.

Ich halte sie in meinen Armen oder so nah wie möglich an meiner Seite während des restlichen Abenteuers – dem Sektempfang nach unserer Landung und der Heimfahrt.

Dennoch ziehe ich mich in mich zurück. Wenn er nicht kämpfen kann, will mein Wolf das Nächstbeste tun – rennen. Das Scheppern der Getriebe dröhnt in meinen Ohren und wird mit jeder Minute lauter.

Irgendwie bringe ich uns zurück zu Lauries Gästehaus, aber ich kann Layne kaum hören, wenn sie redet, und ich habe keinen blassen Schimmer, ob ich überhaupt antworte.

Mein Handy klingelt und ich hebe ab.

„Sag mir, dass ich fantastisch bin." Ein Baby kräht hinter Kylies fröhlicher Stimme.

Ich trete nach draußen, um das Telefonat weiter weg von Layne zu führen. „Was hast du herausgefunden?"

„Noch ein Labor. Ich bin mir ziemlich sicher, dass es das Hauptquartier ist."

„Wo?"

„Es ist ein privates Labor, aber ich habe eine Finanzierungsspur, die zeigt, das Geld aus Mexiko und von der US Regierung floss."

„Sag mir *wo*." Mein Herz rast.

Das.

Smyth nachzusetzen. Das ist genau das, was mein Wolf braucht. Ich will jemanden, den ich bestrafen kann, und jetzt habe ich ihn. Er ist nicht für Laynes Krankheit verantwortlich, aber er hat Männer geschickt, die versucht haben, sie zu töten. Das kommt der Sache nah genug. Das ist das Einzige, das ich tun kann, um einen Unterschied für Layne zu machen. Für die Welt.

„Warte kurz."

Jackson geht ans Telefon. „Du gehst dort nicht allein rein." Er benutzt seinen Alphatonfall, was meine Aggression ein wenig unter Kontrolle bringt.

„Nein. Ich habe Verstärkung." Es ist keine komplette Lüge. Nash hat zugestimmt, mit mir zu gehen.

Jackson schweigt einen Moment. Er weiß wahrscheinlich, dass ich nur Mist verzapfe. „Mir gefällt das nicht. Ich will, dass du auf Garrett und das Rudel wartest. Sie werden auch dabei sein wollen."

„*Wo ist das beschissene Labor?*", frage ich zähneknirschend.

„Temecula." Widerwillen liegt in Jacksons Tonfall, aber ich erkenne meinen Sieg. Sie werden mir die Adresse geben.

„Garrett und das Rudel können vermutlich gleich morgen Früh einen Flug erwischen. Oder sie können über Nacht fahren."

Scheiß drauf. Ich warte nicht bis morgen.

„Schick mir die Adresse." Ich versuche, selbst im Alphatonfall mit ihm zu sprechen.

„Zieh nicht einfach unvorbereitet los. Ich weiß, dass es persönlich für dich ist. Und das sind die Momente, in denen man die schlimmsten Entscheidungen trifft."

„Yeah, es ist persönlich. Deswegen wirst du mir diese Adresse schicken. *Jetzt.*"

Jackson flucht. Ich reiße meinem Alpha gegenüber normalerweise die Klappe nicht so weit auf, weswegen er, denke ich, weiß, wie wichtig mir das ist. „Kylie wird sie dir schicken. Lass dein gottverdammtes Handy an, damit wir dich erreichen können."

„Das werde ich." Ich bin atemlos, denn Adrenalin schießt bereits durch mein System. „Danke."

Als ich den Anruf beende und mich umdrehe, entdecke ich Layne, die mit gequälter Miene im Türrahmen steht.

Verdammt. Das ist nicht das Ende, das ich für unseren Dateabend im Sinn hatte.

„Du rennst wieder davon, um dein Leben aufs Spiel zu setzen, stimmt's?" Ihr Tonfall ist flach, tot.

Später wird mir bewusst werden, dass ich mehr auf ihre Reaktion hätte achten sollen, dass ich auf die warnenden Nadelstiche, die mein Rückgrat zum Kribbeln bringen, hätte hören sollen. Aber ich bin high von Wolfaggressivität und der Sieg ist zum Greifen nahe.

Layne mag das nicht verstehen, aber ich tue das hier für sie.

„Ich werde vorsichtig sein." Ich schiebe meine Hände in die Taschen.

Sie tritt von der Tür weg. „Sam, du musst das nicht tun."

„Ich muss Smyth aufhalten."

„Ich weiß, dass du das musst, und ich will es auch. Aber wie groß ist die Wahrscheinlichkeit, dass du in Smyths Hauptquartier läufst und es lebend verlässt?"

Ich wende den Blick ab. „Ich nehme Nash mit."

„Im Ernst?"

„Was soll ich deiner Meinung nach tun, Layne? Einfach aufgeben? Das ist mein ganzes Leben." Ich begehe den Fehler, zu ihr zu blicken gerade rechtzeitig, um den Schmerz zu sehen, der über ihr Gesicht huscht.

„Ich dachte, ich wäre jetzt Teil deines Lebens."

„Layne –"

Sie tritt näher und legt ihre Hände auf beide Seiten meines Gesichtes. „Sam, ich liebe dich. Ich will das für dich. Nur… wirf nicht dein Leben weg. Pack das Ganze klug an. Schmiede einen bombensicheren Plan."

Ich schließe die Augen. Ihre Finger sind so zärtlich an meinem Gesicht. Ich atme ihren Geruch ein und präge ihn mir ein.

„Ich sterbe, aber du musst das nicht", flüstert sie. „Du hast noch so viel, für das es sich zu leben lohnt. Bitte."

Ich trete zurück.

„Sam", fleht sie und ich wende mich von ihrer gebrochenen Stimme ab.

„Ich muss das tun. Ich wurde in einem Käfig geboren. Ich habe mir Rache geschworen, als ich ein Teenager war. Ich muss das durchziehen."

„Lass uns helfen. Du hast Menschen, denen du wichtig bist. Geh nicht –"

Ich fahre ihr über den Mund. „Stopp. Ich werde nicht das Leben anderer aufs Spiel setzen."

„Nur deines. Und Nashs."

„Yeah", bestätige ich. „Aber es ist unsere Entscheidung." *Und wir sind entbehrlich.*

Sie reckt ihr Kinn. „Wenn du gehst, werde ich nicht hier sein, wenn du zurückkommst."

So wird das also sein?

„Layne, du musst hierbleiben. Ich muss wissen, dass du in Sicherheit bist." Ich werde es wiedergutmachen, wenn ich zurückkehre. Genauso wie ich es nach dem Kampf tat.

„Nein. Du hörst mir nicht zu, Sam. Ich verlange von dir, dass du eine Entscheidung triffst. Ich oder dein halbausgegorener Racheplan."

„Layne, ich muss –"

„Spar dir die Worte." Sie hält eine Hand hoch. „Du kannst mich auf dem Weg beim Flughafen absetzen. Ich werde nach London fliegen, um so lange bei meinem Dad zu wohnen."

„Warte –"

„Es gibt nichts mehr zu diskutieren. Gib mir einfach Bescheid, wenn es sicher ist, zurückzukommen. Falls du dort lebend rauskommst."

Irgendwie zwinge ich meine Lippen dazu, sich zu bewegen. „Das werde ich. Ich werde es sicher für dich machen."

„Nein, tu nicht so, als wäre das für mich, Sam. Das ist nicht für mich. Das bist du, der egoistisch ist und sein Leben wegwirft und alles, das wir hatten." Sie zuckt mit den Achseln. „Aber das ist deine Entscheidung. Ich wähle etwas anderes."

Das knirschende Getriebe kratzt in meinen Ohren und macht Denken unmöglich.

Kummer gräbt sich in ihr hübsches Gesicht. Sie legt eine Hand auf meine Brust und irgendwie schwindet der Lärm. „Es ist besser so, Sam." Sie streckt sich nach oben und küsst meine Wange. „Ich hätte ohnehin nicht gewollt, dass du mir beim Sterben zusiehst. Wir haben unseren Strandtag, mit dem wir einander in Erinnerung behalten können."

Schmerz explodiert in meiner Brust und dimmt mein Sichtfeld. Unglaublicherweise funktioniert mein praktisches Denken noch, obwohl mein Körper taub geworden ist. Ich rufe Kylie zurück.

„Ich muss dich um noch einen Gefallen bitten. Kannst du einen gefälschten Reisepass und Flugticket nach London für Dr. Layne Zhao besorgen? Du solltest ihre Daten und Foto in der Akte haben."

Kylie macht eine Pause und ich hoffe beim Schicksal, dass sie keine weiteren Fragen stellen wird, denn ich zerfalle gerade buchstäblich in meine Einzelteile. „Ich kann das heute Abend erledigen und ihn bis morgen liefern lassen. Wohin soll ich es schicken?"

Ich atme erleichtert aus und nenne ihr Lauries Adresse.

Als ich auflege, versuche und versage ich darin, Layne ein Lächeln zu schenken. „Kylie wird den Pass und Flugticket bis morgen hierherschicken. Bitte bleib einfach hier und lass dich von Laurie beschützen, bis du das Land verlassen hast?"

Sie nickt einmal.

„Ich habe Geld im Van. Ich werde dir welches für deine Reise holen."

„Danke." Ihre Stimme ist zittrig. Ihr Gesicht ist bleich geworden. Ich will auf die Knie sinken und sie um Verzeihung anflehen, aber ich denke, dass sie recht haben könnte.

Selbst wenn ich meine Rache an Smyth überlebe, haben wir keine Zukunft. Ich bin ein zu gebrochener Wolf, um ihr beim Sterben zuzuschauen. Ich würde auch noch den Rest meiner Vernunft verlieren und verrückt werden, weil ich nichts tun kann. Und sie würde ihre Würde verlieren, wenn ich zuschaue.

Ich kann mich an die Erinnerung ihrer Freude von heute klammern. Am Strand. Im Heißluftballon.

KAPITEL DREIZEHN

L *ayne*

ER HAT mir meinen Traumtag geschenkt und ist gegangen.

Es war alles nur Schwachsinn.

Ich sollte sauer sein, aber das bin ich nicht. Ich bin nur müde. Hundemüde.

So endet also Dr. Layne Zhaos Leben. Nicht mit einem Knall, sondern einem Wimmern.

Okay, jetzt bin ich melodramatisch, was nicht mein Stil ist. Ich tigere durch Lauries winziges Gästehaus, nehme Dinge in die Hand und stelle sie wieder ab.

Ich habe die richtige Entscheidung getroffen. Ich habe definitiv die richtige Entscheidung getroffen.

Warum fühlt sich mein Herz dann an, als bräuchte es Hilfe, nur damit es schlägt? Warum laufen mir genug

Tränen aus den Augen, um ein kleines Boot zum Schwimmen zu bringen?

Von solcher Zufriedenheit zu *dem hier* zu schwingen, kann nicht richtig sein.

Im Bad schrubbe ich mir das Gesicht in der Hoffnung, den Schmerz und die Angst fortwaschen zu können.

Sam könnte heute Nacht sterben. Sam könnte heute Nacht sterben.

Lieber Gott, lass Sam nicht sterben.

Und falls er überlebt – dann werde ich ihn trotzdem nicht sehen?

Macht das überhaupt Sinn? Wäre ich nicht glücklich, dass er überlebt hat, und würde noch einige Tage, Monate oder vielleicht sogar Jahre mit ihm genießen wollen?

War ich einfach nur stur? Ja. Meine Mutter sagte immer, dass das mein Untergang sein würde. Ich dachte, ich würde das wählen, was das Beste für uns ist, aber… ich glaube, ich habe einen riesigen Fehler begangen.

Zum ersten Mal seit Ewigkeiten habe ich kein Interesse daran, mich in meine Forschung zu stürzen. Ich würde lieber den Kopf unter die Decke stecken und weinen.

Ich vermisse Sam bereits.

Wenn ihm irgendetwas zustößt, werde ich mich von dem Kummer niemals erholen.

Ein Klopfen erklingt an der Tür. Ich spritze noch mal Wasser in mein Gesicht und tupfe es trocken. Es ist vermutlich Laurie, der vorbeikommt, um nachzuschauen, ob es mir gut geht.

„Komme", rufe ich, während ich meine Haare nach oben zu einem Pferdeschwanz binde. Sams Paarungsbiss ist eine rot glänzende Schwiele auf meiner blassen Haut. Mein Magen verknotet sich. Ich hoffe, ich werde noch erfahren, was es bedeutet, mit ihm verpaart zu sein.

Das ist mein letzter Gedanke, bevor ich die Tür öffne und mir die Data-X Wachen in die Brust schießen.

~.~

Sam

NASH und ich laden die Ausrüstung aus meinem Van. Die Fahrt nach Temecula ging schweigend vonstatten, hauptsächlich weil meine Lippen vergessen haben, wie man sich bewegt. Nicht, dass ich ein Mann vieler Worte bin. Und Nash ist es eindeutig auch nicht.

Ich schalte mein Kommunikationsgerät ein. „Test. Alpha, hörst du mich?"

Nash berührt seinen Ohrhörer und nickt.

Ich stecke eine Pistole in den Bund meiner Jeans. Nash nimmt zwei.

Der Zug lässt sich jetzt nicht mehr aufhalten, aber wenn ich es noch einmal tun müsste, wäre ich jetzt bei Lauries Haus und würde Layne um Vergebung anflehen.

Sie hatte recht. Ich zog leichtsinnige Rache der Liebe vor.

Was für ein Idiot bin ich nur?

Das Meiste, worauf ich hoffen kann, ist, dass ich es hier lebend raus schaffe, damit ich sie irgendwie davon überzeugen kann, mich wieder in ihr Leben zu lassen.

Und ich weiß nicht, wie ich das tun werde, aber ich werde nicht eher ruhen, bis es mir gelungen ist.

KAPITEL VIERZEHN

$\mathcal{L}$*ayne*

LICHTER STRAHLEN IN MEIN GESICHT, als ich zu mir komme. Mein Kopf pocht und meine Brust fühlt sich schmerzhaft eng an, aber ich bin nicht tot. Also schossen sie nicht mit einer echten Kugel auf mich. Eine Betäubungspistole. Vielleicht rechneten sie mit Sam.

„Ahh, du bist wach." Eine vertraute Stimme, ein verschwommenes Gesicht. *Smyth.*

Abscheu überkommt mich, wie sie das immer tat. Selbst als ich nicht von den Abscheulichkeiten wusste, die er beging, hasste ich diese höhnisch grinsende Visage. Ich schätze, meine Instinkte lagen bei ihm von Anfang an richtig.

Das verschafft mir allerdings keine Befriedigung.

„Wo bin ich?", ächze ich und bewege meinen Kiefer. Mein Mund fühlt sich pelzig an.

„Erkennst du es nicht?" Er sieht sich in dem Raum um. „Natürlich tust du das nicht. Du warst nie im Stützpunkt des Alphaprojekts."

Die weißen Wände, die silbernen Gerätschaften, piependen Computer – ich bin in einem Labor. Ich wache schnell auf.

„Einem der Stützpunkte", korrigiert sich Smyth. „Der letzte wurde vor ein paar Monaten von einem Feuer zerstört. Dein Partner hat dafür gesorgt."

Oh richtig. Sie denken, dass Sam und ich zusammenarbeiten. All die Kämpfe und Spurensuche – das hier ist das Labor, das Sam finden wollte. Wenigstens war er nicht bei mir, als mich die Kerle schnappten.

Nicht, dass ich ihm vergeben habe, dass er gegangen ist.

Ich lecke über meine Lippen in dem Versuch, Spucke in meinem Mund zu erzeugen. Ich bin an eine Art Liege gefesselt, die wie ein Krankenhausbett erhöht ist.

„Ich hatte nichts damit zu tun", beteure ich. „Aber es spielt keine Rolle. Was Sie diesen Gestaltwandlern, diesen Menschen antun. Es ist falsch."

„Oh Layne." Er lacht. „Du hast dein Herz schon immer auf der Zunge getragen. Mitgefühl kommt echten wissenschaftlichen Durchbrüchen stets in die Quere, weißt du." Er schüttelt den Kopf. „Egal. Wir werden uns aus der Asche erheben. Ironischerweise wirst du diejenige sein, die den Weg dazu ebnet."

Er deutet mit einem Finger und ich verrenke mir beinahe den Hals, um den großen Beutel voller Flüssigkeit zu sehen, der neben mir steht. Eine grüne Flüssigkeit läuft durch die Schläuche zu der Nadel in meinem Arm.

~.~

Sam

„ALPHA, bist du da? Bitte kommen, Alpha." Ich kauere in einem Treppenhaus, nachdem ich in Smyths Labor eingebrochen bin. „Nash? Bist du da?" Verdammt. Nash ist offline gegangen.

„Ärger im Paradies?", knistert eine vertraute Stimme in meinem Ohr.

„Kylie?" Ich presse meinen Finger an den Ohrhörer, um es zu bestätigen.

„Wer sonst weiß, wie man dieses Kommunikationsgerät hackt?"

„Wie –" Ich kann das nicht fassen.

„Oh Sam, wann wirst du aufhören, mich zu unterschätzen?"

Ich schüttle nur den Kopf.

„Ich sehe, dass du in Smyths Labor bist."

Ich frage nicht, woher sie das weiß. „Yeah. Ich werde ihn zu Fall bringen. Willst du helfen?"

„Ich bin bei dir, Sam. Jeden Schritt des Weges."

„In Ordnung. Schau mal, ob du Nash finden kannst. Ich will nicht, dass er vom Plan abweicht."

„Wird erledigt." Das Rauschen von Kylies Tippgeräu-schen klingt wie ein Wasserfall.

Ich überprüfe meine Waffen und warte. Nash könnte sich in einem Gebiet mit schlechtem Empfang vor den Feinden verstecken.

Natürlich es auch möglich, dass er den Feind sah und die Kontrolle über seinen Löwen verlor. In diesem Fall hoffe ich einfach nur, dass ich nicht eine weitere Leiche an der Backe haben werde.

„Kein Signal bei Nash", berichtet Kylie.

„Verdammt."

„Ich habe noch mehr schlechte Nachrichten." Die Schärfe in ihrer Stimme sorgt dafür, dass ich mich voll-kommen verspanne. „Ich habe mich gerade in die Sicher-heitskameras von Data-X gehackt."

„Siehst du Nash?"

„Nein." Kylies Stimme klingt komisch. Ich berühre den Ohrhörer, aber es liegt nicht am Gerät. Es ist ihre Stimme, in der das pure Entsetzen liegt. „Es ist Layne. Smyth hat sie. Sam, sie ist bei dir im Labor."

~.~

Layne

.   .   .

„Was machen Sie da?" Ich winde mich in meinen Fesseln, aber sie halten dem stand. Smyth läuft um die Liege und feixt.

„Was ist los, Layne? Angst davor, ein Teil des Forschungsprojekts zu werden? Ich dachte, der Plan war von Anfang an, ein Heilmittel für deine Krankheit zu finden." Er schnipst spielerisch gegen die Infusion. „Das hier sollte kurieren, was auch immer dich plagt."

„Was ist es? Was verabreichen Sie mir?"

„Keine Sorge, Layne." Seine Augen schimmern plötzlich außergewöhnlich hell. „Ich werde dafür sorgen, dass es dir besser geht. Ich werde dafür sorgen, dass du mehr bist."

~.~

Sam

Kylies Worte scheppern durch mich.

„Wo?"

„Sie ist an eine Art Bett gefesselt. Sie lebt."

Fuck. Vergiss meine Pläne. Ich muss zu Layne.

„Hast du einen Bauplan für diesen Laden gefunden?"

„Nein, aber ich kann anhand der Sicherheitskameras eine Route zusammenstückeln. Ich habe auch das Tiefenbild eines Satelliten."

Ich stelle keine weiteren Fragen. Jackson und Kylie

lieben es, einander verrückte Geräte als Geschenke zu kaufen. Ich würde es ihnen durchaus zutrauen, dass sie eine Art Satellit für Geheimoperationen besitzen.

„Du musst mich führen. Sag mir, wie ich zu Layne komme."

~.~

Layne

„VERDAMMT, Smyth." Ich kämpfe wie verrückt gegen die Fesseln an, bis ich außer Atem bin. Meine Brust fühlt sich grün und blau geschlagen an.

„Beruhig dich", sagt Smyth. „Das hier passiert, ob es dir nun gefällt oder nicht. Eines Tages wirst du mir dankbar sein."

Seine Augen funkeln gelb. Genau wie Sams. Aber der einzige Grund, aus dem sie so schimmern können, ist, dass…

„Sie sind ein Gestaltwandler", keuche ich.

„So ein kluges Mädchen. Eine Schande, dieses Potenzial zu verschwenden. Noch ein Grund, aus dem ich hoffe, dass mein kleines Experiment gut verläuft."

„Aber…" Meine Gedanken rasen. „Warum? Warum tun Sie so etwas Ihrer eigenen Art an?"

„Sie sind nicht meine Art", blafft Smyth und beugt sich über mich. „Schwache Degenerierte." Spucke fliegt aus seinem Mund.

„Das stimmt nicht." Ich zerre an meiner Hand und frage mich, ob ich sie durch die Fessel ziehen kann. Ich muss zusehen, dass der Ire weiterhin redet. „Sie sind nicht schwach."

„Nicht alle von ihnen, Layne. Manche sind es wert. Nash Armstrong, der Löwe."

Ich versuche, eine ausdruckslose Miene aufzusetzen, doch Smyth nickt. „Ich sehe, du hast von Nash gehört. Prächtiges Exemplar, nicht wahr?"

Bis Sie ihn gequält haben, schimpfe ich beinahe, aber mein ehemaliger Chef schwärmt noch immer vor sich hin.

„Aus seiner Linie wird eine Meisterrasse geboren werden."

Warum zum Kuckuck habe ich jemals für diesen Kerl gearbeitet? Ich fand ihn schon immer gruselig. Ich schätze, ich stellte meine Forschung über alles. Aber jetzt nicht mehr. Sam hatte recht und in den wenigen Tagen, die ich ihn kenne, gab er mir die Kraft, für mich selbst einzustehen. Die neue Layne würde Smyth die Visage polieren, weil er sie angeglotzt hat.

Smyth schwadroniert noch immer über seine „Meisterrasse". In der Zwischenzeit läuft die eigenartige grüne Flüssigkeit in meine Adern. Ich reiße an der Handschelle, bis meine Augen vor Schmerz tränen. Nichts. Was auch immer in der Infusion ist, gelangt in meinen Arm, ob ich das nun mag oder nicht. „Sie sind wahnsinnig."

„Ich bin ein Genie. Ein Visionär. Wie du, Layne. Weißt du, dass die gesamte Rasse der Gestaltwandler Gefahr läuft auszusterben? Mehr und mehr Kinder werden defekt geboren. Können sich nicht verwandeln. Ich werde das alles in Ordnung bringen."

Ich schüttle den Kopf. Jemand hat Wahn-Muffins zum Frühstück gegessen.

„Es ist möglich, du wirst schon sehen. Du kannst mir helfen."

„Niemals."

Smyth lächelt. „Du hast mir bereits geholfen. Dass du die DNA entschlüsselt hast, war genau die Hilfe, die ich brauchte. Und jetzt wirst du mir mit der nächsten Phase des Projekts helfen."

„Nein –"

„Wenn die Wirkung des Serums einsetzt, wirst du gar keine andere Wahl haben."

~.~

Sam

„Bieg hier links ab. Dann rechts." Kylies Anweisungen leiten mich durch das Gebäude. Ursprünglich hatte ich mehr Zeit zum Erkunden eingeplant und um ihre Dateien zu hacken. Smyth zu finden. Jetzt spielt nichts davon eine Rolle. Ich muss Layne finden.

Der Strom fällt aus. Das war Teil des Plans. Ich kann nur hoffen, dass es Nash gut geht.

Ich schalte mein Kommunikationsgerät ein. „Nash, was auch immer du tust, *halte dich zurück*. Sie haben Layne. Ich wiederhole, sie haben meine Gefährtin. Ich muss sie hier rausschaffen."

Generatoren übernehmen beinahe augenblicklich die Stromversorgung. Der Flur bleibt im Dunkeln, aber vor mir strömt Licht unter einer Tür hervor. Das Labor.

Ich beeile mich, während die Sirenen heulen. Nach dem, was mit dem anderen Labor passierte, aktualisierten sie wahrscheinlich die Notfallsysteme, um diesen Laden im Falle eines Stromausfalls abzuriegeln. Sie machen keine halben Sachen.

Das Labor verfügt über ein Fenster, durch das ich spähen kann. Layne ist dort drin, an eine Liege gefesselt und eine Infusion ist mit ihrem Arm verbunden.

„Ich hab sie gefunden", informiere ich Kylie.

„Roger. Ich erstelle Fluchtrouten."

Die Labortür ist verriegelt. Stahlverstärkt – um Gestaltwandler auszusperren. Oder ein.

Zum Glück habe ich genau das, was ich brauche, um die Tür zu sprengen.

In dem darauffolgenden Rauch stürme ich ins Labor.

„Sam?" Laynes Augen weiten sich.

„Es ist okay, ich bin hier." Ich haste zu ihr, während sie ruft: „Nein! Es ist eine Falle –"

„Nun schau einer an, wer das ist." Ein Mann tritt hinter dem Vorhang hervor, der einen Bereich abtrennt, und hält eine Pistole an Laynes Kopf.

Smyth.

„Bleib, wo du bist", sagt er und ich bleibe sofort stehen, als sich Laynes Gesicht vor Schmerz verzerrt. „Was zum Henker machst du mit ihr?"

„Es ist nur eine kleine Versicherung. Der Höhepunkt meines Lebenswerks. Ich wusste, dass mich jemand aufzuhalten versucht, Sam. Ich hätte nie gedacht, dass das du wärst." Sein Blick huscht über mich. „Ich hätte nicht gedacht, dass du stark genug wärst."

„Lass sie gehen", knurre ich. Mein Wolf weiß nicht, warum ich nicht auf der anderen Seite des Zimmers bin und Smyth die Kehle zerfetze. Warum ich nicht die eine Sache tue, von der ich die vergangenen acht Jahre geträumt habe. Aber ich kann nicht. Ich kann Layne nicht zu Schaden kommen lassen.

„Ich bin fast fertig. Wenn du dich bewegst, werde ich ihr das Gehirn wegpusten. Das hier sind Silberkugeln, die dazu gedacht sind, einen Gestaltwandler sofort zu töten. Stell dir nur vor, was sie mit ihr anstellen werden."

„Erschieß sie und du bist tot."

Layne schüttelt den Kopf. „Sam, lass mich hier. Ich sterbe sowieso. Geh und lebe."

„Ich werde nicht ohne dich gehen."

„Ist das nicht niedlich?", spottet Smyth. „Sam hat eine Freundin. Das erklärt den Biss an ihrer Schulter. Du hast sie markiert. Wie reizend. Es ist so eine männliche Sache, oder? Wir markieren gerne unser Territorium."

Ich blende Smyth aus. Er redet gern, daran erinnere ich mich. Schweißtropfen perlen sich auf Laynes Stirn. Was auch immer Smyth in sie pumpt, bringt sie um.

„Warum hast du das getan?", platzt es aus mir heraus, ohne dass ich den Blick von Layne abwende.

„Sie stirbt ohnehin. Weißt du von ihrer kleinen Krankheit? Erblich. Genau wie das Gestaltwandlergen. Das hat mich dazu bewogen, sie einzustellen. Ich habe noch nie jemanden gesehen, der sich dermaßen seiner Forschung widmet."

„Nein, ich meine, warum tust du das alles hier?" Ich rucke mit dem Kopf, um auf das gesamte Labor hinzuweisen. „Gestaltwandler fangen, sie quälen. Sie züchten."

„Ich musste das Problem der Defekten lösen. Die Zahlen der Gestaltwandler sind so weit geschrumpft, dass sie am Aussterben sind und das alles nur wegen der Kreuzung mit Menschen. Um dieses Problem zu lösen und die Meisterrasse zu erschaffen, musste ich die DNA eines Gestaltwandlers entschlüsseln. Dazu werden eine Menge Proben benötigt. Werte. Analysen. Zum Glück hat Layne den Analyse-Teil für uns übernommen."

„Uns? Wer ist uns?"

Seine Lippen kräuseln sich bösartig, aber er schüttelt den Kopf. Er verrät die Namen seiner Mitverschwörer nicht, wie es Verbrecher passenderweise immer am Höhepunkt einer Fernsehsendung tun.

„Was Layne betrifft, ich nahm an, dass wir sie sowieso töten müssten. Aber ich hasse es, wenn ein guter Verstand verschwendet wird. Was dich anbelangt Sam, erinnerst du dich an diesen Ort? Du wurdest hier geboren. Muss sich wie zu Hause anfühlen."

„Das ist nicht mein Zuhause."

„Nein? Du hast hier mehr Zeit verbracht als in irgendeiner Pflegefamilie."

„Du musst es ja wissen. Du hast mich hier schließlich gefangen gehalten." Ich starre Layne an und versuche, mir einen Ausweg zu überlegen. Sie beißt sich auf die Lippe und begegnet meinem Blick. Wie konnte sie mich nur bitten, sie hier zurückzulassen? Weiß sie nicht, wie sehr ich sie liebe?

„Mir ist gerade klargeworden", beginnt Smyth erneut.

Ich wünschte, ich könnte ihm die Kehle ausreißen, nur damit er die Klappe hält. „Dieser Ort ist auch dein Geburtsrecht."

„Wovon zum Henker schwafelst du jetzt wieder?"

„Oh. Du weißt es nicht. Hast du dich jemals gefragt, wer deine Eltern sind? Ich wählte die feinste DNA aus, um dich zu erschaffen. Du solltest der erste einer Meisterrasse werden. Letzten Endes eine ziemliche Enttäuschung. Aber du willst doch sicherlich wissen, wer dich gezeugt hat?"

Ich ziehe scharf die Luft ein.

„Du hast es vielleicht erraten." Smyth legt seinen Kopf zur Seite. „Ich denke, auf irgendeiner Ebene wusste es dein Wolf. Deswegen hat er sich bei den Experimenten auch so sehr angestrengt. Bei der Menge an Folter hättest du eigentlich sterben sollen. Aber das bist du nicht, du hattest einen solch starken Willen. Dein schwacher Körper ist eine Schande. Du wirst nie ein Alpha oder auch nur ein Beta sein. Der Apfel fällt nicht weit vom Stamm."

„Nein", hauche ich. *Nein*. „Das kann nicht sein."

Smyths Augen flammen Wolfgelb auf. „Es stimmt. Ich habe die Aufzeichnungen gelöscht, aber ich kann es nicht leugnen, auch wenn ich so enttäuscht von dir war."

Ich schlucke gegen den Schmerz in meiner Brust an. Smyth hat recht. Auf irgendeiner Ebene wusste ich es immer. Deswegen hat sich meine Rache auch nur auf ihn konzentriert.

„Sie?", kreischt Layne. „Sie haben Sam gezeugt? Und dann haben Sie ihn gequält? Ihren eigenen Sohn?"

„Ich habe ihn stark gemacht. Er hat die Tests überlebt, wie du siehst. Er hat sich in einen Wolf verwandelt und ist geflohen. Und jetzt sind wir alle hier. Ein nettes kleines Wiedersehen. Mein Erbe und seine Gefährtin."

Mir ist schlecht. Mein Blut ist schmutzig. Ich werde niemals rein sein.

„Schließ dich mir an, Sam. Gemeinsam werden wir unsere Spezies wieder zu dem machen, was wir eigentlich sein sollten."

Ich kann nicht sprechen.

„Eine Meisterrasse", brüstet sich Smyth. „Bald werde ich das Serum haben. Wir können Alphas sein, Sam. Die Welt wird uns zu Füßen liegen."

„Das ist es", sagt Layne. „Deswegen haben Sie das alles getan. Sie sind ein Gestaltwandler, der sich nicht verwandeln kann."

Smyths Gesicht rötet sich.

„Vorsicht, Layne", sage ich. „Er hat hier sämtliche Macht in der Hand."

Sie dreht ihren Kopf.

„Ich liebe dich", sage ich. „Ganz gleich, was passiert, vergiss das nicht."

„Sam, nein." Sie ruckt mit dem Kopf und ihr Körper folgt und verkrampft sich.

„Bleib, wo du bist." Smyth fuchtelt mit der Pistole. Ich bleibe wie zur Salzsäule erstarrt stehen, obwohl es mich beinahe umbringt.

„Was passiert mit ihr?"

Layne zuckt unkontrolliert auf dem Tisch. Spucke schäumt an ihren Mundwinkeln.

„Es ist alles okay. Ein natürlicher Nebeneffekt. Ihr Körper unterzieht sich den Veränderungen."

Ihr Körper bäumt sich, so weit er kann, gegen die

Fesseln auf, die sie fixieren, während sie keuchend um Atem ringt.

„Was zum Henker hast du ihr gegeben?"

Das Gebäude erzittert.

Eine Bombe. Fuck. Nash trägt noch immer seinen Teil dazu bei, diesen Laden zu zerstören.

Ich habe Nash keine Sprengkörper gegeben. So ein großer Idiot bin ich auch wieder nicht. Er muss improvisiert haben. Verrückter Löwe. Ich weiß – Topf, Deckel.

„Bleib, wo du bist", faucht Smyth und weicht zurück.

Ich muss etwas tun. Ich rase in Höchstgeschwindigkeit los und erreiche fast ihre Seite, als Schmerz in meiner Brust explodiert.

Smyth hat auf mich geschossen.

~.~

Layne

ICH SCHAUE ZU, wie Sam fällt. Mein Sichtfeld verdunkelt sich an den Rändern, doch ich kämpfe mich zurück ins Bewusstsein. Jemand schreit. Ich. Ich schließe den Mund.

Das Gebäude erzittert erneut und Glasfläschchen fallen zu Boden.

Smyth grunzt neben mir und erhebt sich vom Boden.

„Lass sie gehen." Sam. Er ist unten und lehnt mit bleichem Gesicht an dem umgefallenen Schreibtisch.

Schwarzes Blut strömt aus einer Wunde in seiner Brust, aber er ist noch nicht tot.

Smyth lädt seine Pistole mit zitternden Fingern und läuft zu Sam.

Hitze durchströmt mich. Mein Kopf fliegt zurück und kracht so heftig gegen die Liege, dass ich beinahe ohnmächtig werde. Mein Rückgrat wölbt sich und mein Körper verkrampft sich vor Schmerz, während sich meine Ohren mit Sams besorgten Schreien füllen.

„Layne? *Layne!*"

~.~

Sam

IRGENDETWAS STIMMT NICHT. Nicht mit mir – auf dem Boden zu verbluten, ist eine völlig normale Reaktion darauf, von einer Silberkugel angeschossen zu werden.

Fuck, meine Gedärme tun weh. Gott sei Dank ist Smyth ein miserabler Schütze. Ansonsten wäre ich bereits tot von einer Kugel in mein Herz.

Laynes Körper wird reglos. Ich rufe ihren Namen, woraufhin ihre Augen auffliegen und in einem hellgrünen Licht leuchten.

„Es funktioniert", haucht Smyth. Er dreht sich um, wobei die Pistole locker in seiner Hand baumelt. Wenn ich danach greife, kann ich sie mir vielleicht schnappen.

Ein schreckliches Geräusch entringt sich Laynes Mund. Wild, unmenschlich. Ihr Körper zittert. Die Bänder, die sie fixieren, reißen sauber in der Mitte, als ein Tier aus ihr hervorbricht.

Ein gigantischer Bengalischer Tiger bäumt sich auf dem Tisch auf und kracht gegen Smyth.

Schätze, das Serum hat funktioniert.

Der Tiger brüllt und übertönt Smyths Schrei. Die Raubkatze hat ihre Krallen tief in Smyths Brust geschlagen. Ich würde zusammenzucken, würde ich nicht bereits verbluten. Ich weiß, wie sich Katzenkrallen anfühlen.

Als sie mit Brüllen fertig ist, ist das einzige Geräusch im Labor das Gurgeln aus Smyths zusammengedrückter Brust und das Tropf, Tropf, Tropf von Blut.

„Layne?"

Der Tiger richtet seine hellen Augen auf mich. Scheiße. Ich hoffe, sie ist nicht mehr allzu wütend auf mich.

„Hierher Kätzchen, braves Kätzchen", murmle ich. Sie bleckt die Zähne.

„Ist er tot?" Ich nicke zu Smyth. Die Ränder meines Sichtfeldes werden grau.

Der Tiger reißt seine Krallen mit einem ekelerregenden Laut aus Smyth. Sein Körper ist schlaff, sein Gesicht ausdruckslos vor Bewusstlosigkeit.

„Das hast du gut gemacht", lobe ich sie leise. „Aber wir sollten auf Nummer Sicher gehen."

Layne knurrt zustimmend. Sie holt mit einer Tatze aus und schiebt Smyths Pistole zu mir.

Fuck. Ich liebe diese Frau.

„Ich brauche deine Hilfe."

Der Tiger schlendert mit der Schönheit und Anmut eines Raubtiers zu mir. Sie könnte mich mit einem Schlag ihrer Tatze töten, bevor ich auch nur mit der Wimper zucken könnte.

Mein Wolf ist voller Ehrfurcht. Idiot.

Sie schnuppert an mir, bevor sie sich so tief hinkauert, dass ich meinen Arm um sie legen kann. Ich packe die Pistole und zusammen machen wir uns auf den Weg zu Smyth. Indem ich mich auf ihre Schulter stütze, ziele ich.

Er ist mein Vater. Ich sollte mehr als diesen brennenden Hass verspüren. Aber das tue ich nicht.

Eine Kugel ins Herz sorgt für Gerechtigkeit. Ich breche auf Layne zusammen, als es erledigt ist.

Das Gebäude erzittert abermals. Noch eine Bombe. Nash hat mehr Feuerkraft mitgebracht, als ich dachte.

„Wir müssen hier raus."

Der Tiger reibt sein Gesicht an meinem, dann an meiner Brust.

„Verband –" Ich zerre an meinem Shirt und sie versteht. Eine rasiermesserscharfe Kralle schlitzt mein Shirt auf. Ich mache mich daran, es um mich zu wickeln, um Druck auf die Wunde auszuüben. Es ist nicht viel, aber das Einzige, das ich tun kann, bis ich das Silber rauskriege.

Ich schlinge meine Arme um ihren Körper und lasse mich von ihr aus dem Labor schleifen.

~.~

Je näher wir dem Ausgang kommen, desto lauter klingt der Kugelhagel. Ab und zu gibt es ein gewaltiges Rumpeln, das das Gebäude erschüttert.

„Sam? Bist du da?" Kylie klingt panisch.

„Ich bin hier."

„Gott sei Dank."

„Ich habe Layne." Oder besser gesagt, sie hat mich. „Uns geht's gut." Meine Arme fühlen sich schwach an, aber ich grabe meine Hände tiefer in ihr Fell, das jetzt glitschig von meinem Blut ist. „Wir gehen gerade. Nash jagt Bomben in die Luft."

„Granaten, um genau zu sein. Ich habe ein Bild von draußen. Ich habe eine Drohne geschickt. Jackson ist mit einem Rettungstrupp auf dem Weg zu dir."

„Nein, lass ihn nicht –"

„Mach dir keine Sorgen, du wirst längst fort sein. Wenn überhaupt, werden sie das Aufräumen und die Unterdrückung der Medienberichte organisieren. Wir werden all diese Gestaltwandler-Söldner von der Erdoberfläche tilgen." Die blutrünstige Note in ihrer Stimme erinnert mich daran, warum ich mich bei Kylie nie unbeliebt machen will. Natürlich ist meine Freundin – falls sie noch meine Freundin ist – jetzt eine Tigergestaltwandlerin. Mehrere hundert Pfund tödlicher Muskeln, bestückt mit Fangzähnen und Krallen.

Es wird vermutlich einer ganzen Menge Heißluftballonfahrten bedürfen, um sie dazu zu bringen, mir zu vergeben.

„Zuerst schaffen wir dich und Layne dort raus." Kylie gibt eine Reihe Anweisungen von sich, die ich an Layne weitergebe. Wir biegen in einen Gang, nur um zuzuschauen, wie die Decke einstürzt und Kabel Funken sprühen.

„Wir können nicht in die Richtung", brülle ich Kylie zu, während Layne zurückweicht und mich mit sich schleift. Wir passieren eine tote Wache und ich schnappe mir seine Handfeuerwaffe, ehe ich Smyths Gestaltwandler-Stopper wegwerfe. „Das Gebäude ist instabil."

„In Ordnung. Nash lässt einen Kugelhagel vom Dach regnen. Wenn du ihn erreichen kannst, kann er dir Deckung geben."

„Das Dach?" Das ist so weit von Nashs und meinem Plan entfernt, dass es praktisch im Weltraum ist.

„Yeah." Kylie klingt, als würde sie grinsen. „Sie haben einen Helikopter geschickt, um ihn zu erschießen, und er ist von dem Gebäude hochgesprungen, um ihn an sich zu reißen und abstürzen zu lassen."

„Fuck."

„Es war der Hammer!", schwärmt Kylie. „Okay, konzentrieren wir uns. Ich sehe, dass links von euch eine Treppe kommt. Geht dort runter, wenn ihr könnt. Sie sollte stabil gebaut sein. Gestaltwandler verstärkter Beton und das alles."

„Dort werde ich vielleicht das Signal verlieren", informiere ich sie.

„Das ist okay. Ihr müsst lediglich nach unten und aus dem Ausgang gehen. Wenn ihr könnt – ich meine, wenn dort nicht zu viele Wachen sind, die euch bedrohen. Falls welche dort sind, sieh zu, ob du zu Nash durchdringst, damit er euch Deckung gibt."

„Ich habe auch eine Waffe."

„Klasse. Das sollte euch über die Runden helfen. Das

Gebäude könnte kurz vor dem Zusammenbruch stehen. Ich wünschte, Jackson hätte mir diese Rakete zum Geburtstag gekauft. Ich würde den Laden sofort in die Luft jagen und ihr könntet im Schutz der Explosion fliehen."

„Du meinst, unsere brennenden Körper könnten von der Explosion nach draußen katapultiert werden", sage ich trocken.

„Jacke wie Hose. Jackson hat mir die Rakete nicht gekauft. Er hat mich stattdessen nach Hawaii geflogen und mir ein Diamantarmband besorgt."

„Treppengang zum Ausgang", erzähle ich Layne. „Kylie, wir sind drin."

„Probier es bei Nash", befiehlt sie. „Ich habe Kontakt zu ihm aufgenommen, aber er kennt mich nicht."

„Roger."

„Man sieht sich."

Der Kanal wechselt zu Nash. „Alpha, bist du dort? Layne und ich sind auf dem Weg nach draußen. Wir brauchen Feuerschutz auf der westlichen Seite. Dann werden wir von hier verschwinden."

Ich warte, aber erhalte keine Antwort. Fuck.

„Wir sind auf uns allein gestellt", informiere ich Tiger Layne. Sie ist absolut wunderschön und ruhig, ihr gestreiftes Gesicht majestätisch. „Wenn ich es nicht lebend rausschaffe, möchte ich mich noch bei dir bedanken, dass du mein Leben gerettet hast. Ich liebe dich." Fuck, mein Sichtfeld wird wirklich grau.

Sie stößt ihren großen Kopf gegen mich und ich umarme sie. Das Silber entzieht mir die Kraft, aber es gelingt mir, mich so lange an sie zu klammern, bis wir die Treppen nach unten zum Ausgang hinter uns gebracht haben. Ich stoße die Tür auf und schaue gerade so lange nach draußen, dass mich ein Kugelregen zurück in die Dunkelheit schickt.

„Wir stecken fest." Ich probiere es noch mal bei Nash und erhalte wieder keine Antwort.

Mein Ohrhörer knistert.

„Sam, kannst du mich hören?"

„Yeah."

„Hab dein –" Statisches Rauschen übertönt ihre Stimme. „Sie sind auf dem Weg."

„Was?"

„Halte durch, Sam. Du bekommst Verstärkung."

~.~

Layne

SAM ERSCHLAFFT UND ICH FAUCHE, ehe ich mich gegen ihn drücke. Die Welt ist schmaler und zugleich breiter, voller Gerüche und unbekannter Instinkte. Meine Krallen zucken auf dem Beton. Ich will die Welt zerstören.

Das Gebäude wird durchgeschüttelt. Fuck. Ich muss uns hier rausbringen. Wir können Kugeln überleben, aber kein Gebäude, das über uns zusammenbricht.

Denke ich.

Indem ich Sams Gürtel mit den Zähnen packe, schleife ich seinen bewusstlosen Körper zur Tür.

„Layne?", murmelt er, gerade als das Gebäude erneut erbebt. Er scheint zu sich zu kommen, denn er hebt die Pistole. „In Ordnung. Lass uns von hier verschwinden. Kylie, sag mir wann." Er wickelt seinen Gürtel um meinen Hals und hakt seinen Arm hinein. „Bereit?"

Ich nicke. „Drei – zwei – eins."

Ich ramme mich gegen die Tür und rase ins Sonnenlicht.

Trümmer prasseln zusammen mit Schüssen auf uns nieder. Sam erwiderte das Feuer, während ich ihn mitziehe und darum kämpfe, den Wald zu erreichen. Kugeln spritzen die Erde vor uns auf und ich bleibe abrupt stehen.

„Layne, geh", drängt mich Sam. „Nash gibt uns Deckung."

Wir sind noch an die hundert Meter vom Wald entfernt, als ein Motor aufheult. Sams Van schießt zwischen uns und den Bäumen hervor.

Die Tür gleitet auf und Declan streckt den Kopf raus.

„Komm schon, Wolfie! Hör auf mit Tony dem Tiger zu knutschen und komm in die Pötte!"

„Das ist Layne", brüllt Sam.

„Das ist sie? Meine Fresse." Der Ire hebt ein Maschinengewehr auf seine Schulter und hüpft aus dem Van. Er schickt einen Kugelhagel in die Richtung des feindlichen Feuers, während er zu uns läuft. „Das ist ein verdammt großes Kätzchen."

Als er uns erreicht, packt er Sams anderen Arm und stützt ihn den Rest des Weges.

Wir sind fast beim Van, als etwas Weißes über unseren Köpfen vorbeifegt. Ich drehe mich knurrend um und schlage blindlings nach schneeweißen Flügeln.

„Layne, stopp", krächzt Sam. „Das ist Laurie. Er ist eine Eule."

Eine Eule. Natürlich. Ich frage mich, warum ich nie gefragt habe, was für eine Sorte Gestaltwandler er ist. Ich schätze, ich nahm an, dass er und Declan Wölfe sind wie Sam.

Ich lasse die Eule davonfliegen und springe in den Van, wo ich Sams Körper mit meinem verdecke.

„Alle drin?", fragt Parker vom Fahrersitz.

Declan schiebt die Tür zu und hüpft auf den Beifahrersitz, ehe er sein Gewehr aus dem Fenster streckt. „Fahr."

Parker drückt auf das Gaspedal und der Van rast im Rückwärtsgang davon. Während wir zurückfahren, bricht das Gebäude zusammen. Ein Körper in schwarzen Armeehosen springt gerade rechtzeitig vom Dach, dass die gigantische Eule seine Arme packen und mit ihm in die Sicherheit der Bäume segeln kann.

~.~

Sam

EIN DUMPFER SCHMERZ pocht in meinem Körper und ich verspüre dieses unerreichbare juckende Gefühl, das mir verrät, dass meine Gestaltwandler-Heilfähigkeiten am Werk sind. Jemand bewegt das Kissen, auf dem ich liege, und ich kann das Ächzen nicht unterdrücken.

„Sam? Sam? Bist du wach?"

„Probier das hier." Ein glattes Glas berührt meine Lippen, kurz bevor Flüssigkeit in meinen Mund schwappt und meine Kehle hinabbrennt. Ich wache hustend und spuckend auf.

„Was zum Kuckuck?", brüllt jemand. Layne. „Du kannst ihm doch keinen Whisky geben!"

„Er ist ein Wolf!"

„Er ist noch am Heilen. Das reicht – alle Mann raus."

„Kätzchen ist wütend –"

„*Jetzt*." In Laynes Stimme schwingt ein Knurren mit. Meine Nase zuckt wegen des durchdringenden Geruchs von Fell.

„Layne?" Ich öffne die Augen. Sie knallt die Tür zu und wirbelt herum, wobei ihre dunklen Haare um ihre bleichen Wangen fliegen.

„Sam? Geht's dir gut?" Sie eilt wieder an meine Seite und hält eine Wasserflasche an meine Lippen. „Trink das hier. Das sollte alles wegspülen, das dir der irische Idiot gegeben hat."

Ich nippe langsam daran, wobei ich ihren Blick halte. Ihre Stirn ist gerunzelt und die Wangen gerötet, aber sie ist unversehrt. Natürlich, sie wird jetzt keine Narben mehr bekommen. Sie ist eine Gestaltwandlerin.

„Versuch einfach, dich zu entspannen." Sie schenkt mir ein reumütiges Lächeln. „Du warst seit unserer Flucht bewusstlos. Die Abenddämmerung ist schon vorbei. Parker sagt, dass du vielleicht eine Silbervergiftung hast, weil die Kugel so lange drin war. Meine Schuld. Die Männer haben eine Weile gebraucht, um meinen Tiger davon zu überzeugen, dass er mir erlaubt, mich zurück zu verwandeln."

„Wo sind wir?"

„Nashs Wohnwagen. Er ist auch zurück, allerdings ist er wieder gegangen, um einen langen Spaziergang zu machen. Ich habe ihn eventuell angebrüllt, weil er einfach sein eigenes Ding durchgezogen und dich allein gelassen hat."

„Katzen sind territorial." Ich lächle schwach.

„Yeah, nun." Layne macht sich unter viel Aufhebens an meinen Decken zu schaffen. „Er soll sich besser hüten. Ich bin so groß und böse wie er."

Ich fange ihre Hand ein. „Du bist umwerfend."

Sie errötet. „Du solltest schlafen."

„Ist das ein Befehl?"

„Ja." Sie macht Anstalten, zu gehen.

„Layne."

Sie dreht sich um, da sie den ernsten Ton in meiner Stimme wahrnimmt. Skepsis huscht über ihr Gesicht.

„Es tut mir so verdammt leid. Das tut es wirklich. Ich war ein gottverdammter Idiot. Du hattest recht – ich zog die Dunkelheit dir vor. Hass vor Liebe. Und ich weiß, dass Smyth bereits tot ist, aber du musst wissen – ich habe den Kopf jetzt aus dem Sand gezogen.

Du bist das Einzige, das mir wichtig ist. Du sorgst dafür, dass ich mich richtig im Kopf fühle. Würdig. Und ich werde alles in der Welt tun, um dir das zu beweisen."

Sie kehrt an meine Seite zurück und quetscht ihren prächtigen Hintern neben mich auf das Bett. „Du hast mich gewählt. Ich sah das im Labor. Dir war nur wichtig, mich zu retten. Smyth loszuwerden, war ein Nebengedanke für dich."

Ich schlinge einen Arm um ihre Taille und ziehe sie näher. Ich will sie niemals wieder loslassen.

~.~

Layne

ICH WACHE an Sams harten Körper gekuschelt auf. Er hat mich die ganze Nacht lang an seine Seite gedrückt und sogar beim Schlafen einen Arm um mich geschlungen.

Die Veränderungen, die mein Körper vollzogen hat, seit mich Smyth verwandelt hat, lassen mich früh aufwachen. Ich stecke voller Energie und Tatendrang. Ich habe meine Medikamente seit vierundzwanzig Stunden nicht genommen, aber ich verspüre keinen Bedarf dazu. Das Zittern ist verschwunden.

Es ist verschwunden, aber es summt auch ein neues Verlangen durch meinen Körper. Und das hat ausschließlich mit dem Mann neben mir zu tun. Sein Geruch dringt wie ein Elixier in meine Nasenlöcher, samtig und maskulin. Obwohl seine Atmung langsam und tief ist, weil er schläft, streckt sich sein Penis gegen seine Boxerbriefs wie ein Leuchtturm, der mich zu sich ruft.

Ich frage mich, was er davon halten würde, von einem Tiger – Tigerin – was auch immer ich jetzt bin, aufgeweckt zu werden?

Ich setze mich auf und rittlings auf ihn, überrascht davon, wie gelenkig und flink mein Körper ist.

Er wacht ungefähr innerhalb von Dreiviertel einer Sekunde auf, seine Hände schnellen zu meinen Hüften, seine Härte stößt nach oben genau dorthin, wo ich ihn haben will.

„Guten Morgen", schnurre ich und kreise mit den Hüften, um dem schmerzenden Verlangen zwischen meinen Beinen die Schärfe zu nehmen.

Sam braucht anscheinend keine Zeit, um sich an meinen Plan anzupassen, denn der Dirty Talk sprudelt ihm sofort von den Lippen. „So ist's recht, Süße. Reib deine Pussy an meinem Schwanz. Mach sie miteinander bekannt, bevor ich dich auf den Rücken werfe und mich bis zum Morgen in dich hämmere."

Ich hole scharf Luft und reibe mich fester an ihm. Meine Hände heben sich, um meine Brüste zu umfangen.

„Zieh dein Shirt aus", krächzt Sam. „Zieh es aus, *jetzt*." Das gelbe Leuchten in seinen Augen erregt meinen Tiger. Ich reiße mir das Shirt vom Kopf und schleudere es zu Boden. Ich trage nichts außer einem Paar einfacher Baumwollhöschen, die er mir beim Discounter gekauft hat, aber er starrt sie an, als wären sie die sexyesten Dessous, die jemals hergestellt wurden.

Ich vergöttere das unverhohlene Begehren, das sich auf seinem Gesicht abzeichnet. Denn es ist nicht nur mein Tiger, der mir das Gefühl gibt, mächtig zu sein. Es ist auch Sam. Sams Verlangen nach mir. Die Art und Weise, wie er die Kontrolle verliert, wenn er mich berührt.

Sein Daumen hebt sich leicht, um über den Stoff auf meiner Klit zu streichen und ein Schauder durchläuft mich.

„Zehn Sekunden." Er hebt seinen Blick von meinem Höschen zu meinem Gesicht. Es liegt eine Herausforderung darin, aber ich verstehe sie nicht. „Zehn... neun..."

Mir wird die Bedeutung klar und ich falle nach vorne, stütze mich mit den Händen an seinen eisenharten Bizepsen ab und bewege meine Hüften hin und her, um Reibung zwischen unseren Körpern zu erzeugen.

Sams Augen rollen zurück und er stöhnt. „...sieben... sechs... fünf..."

Mein Atem geht schwerfälliger. Ich könnte wirklich so kommen – ohne mehr als ein wenig Reibung.

Sam ruckt meine Hüften vor und zurück, hält mich nach unten und hilft mir. „Vier... drei... zwei..."

Er dreht unsere Körper herum und fixiert meine Handgelenke über meinem Kopf. Seine Augen leuchten komplett bernsteinfarben. Ich frage mich, welche Farbe meine haben – meine Sicht scheint definitiv anders zu sein.

„Eins." Mit seiner freien Hand reißt er den Stoff meines Slips auseinander.

Ein Knurren kommt von seinen Lippen, aber er schüttelt den Kopf, als würde er sich sammeln. „Kondom", krächzt er. „Beweg dich nicht."

Er strengt sich an, es zur gleichen Zeit zu holen, wie er die Boxerbriefs von seinen Beinen tritt. Sein Schaft ist erigiert und lang und winkt mir zu. Nein, *für* mich.

Ich führe meine Finger zwischen meine Beine, während ich zuschaue, wie er das Kondom überstreift.

Er knurrt einen leisen, missbilligenden Laut, nimmt meine Hand und bringt meine Finger an seine Lippen. „Mein." Er leckt meine Essenz ab, dann saugt er meine Finger in den Mund. „Diese Pussy zu befriedigen, steht mir zu, Süße. Wenn du mir diesen Job wegnimmst, wird das Konsequenzen nach sich ziehen."

Ein breites Lächeln dehnt meinen Mund. „Ach ja?"

Er führt seine Schwanzspitze an meine Feuchtigkeit und reibt sich an mir. „Yeah."

„W-welche Art von Konsequenzen?" Ich bekomme keine Luft mehr.

Er rammt sich in mich. Stößt sich tief in mich, dann zieht er sich zurück. Dringt wieder tief in mich.

„Du weißt es." Er zieht seine Augenbrauen hoch und setzt eine gespielt strenge Miene auf, wegen der sich meine Zehen krümmen. „Bestrafung."

Meine Mitte zieht sich um ihn zusammen und ich wölbe mich nach oben, mein Kopf fällt nach hinten.

Ein knurrender Laut kommt aus seiner Brust. „Du liebst deine Bestrafungen, nicht wahr, Süße?"

„Ja." Plötzlich will ich es so viel härter. Wilder. „Härter, Sam."

Sam zieht sich zurück, dreht mich um und reißt meine Hüften nach oben, sodass ich auf den Knien stehe. „Brauchst du es, dass ich dich hart vögle, süße Tigerin?" Er packte eine Handvoll meiner Haare und zieht meinen Kopf zur gleichen Zeit nach hinten, wie er in mich dringt.

Ich höre ein Brüllen und bin verblüfft, als ich registriere, dass es aus meinem Mund kam. Meine Fingernägel verlängern sich zu Krallen und ich zerreiße die Matratze, während ich meinen Hintern nach hinten drücke, um seinen Stößen entgegenzukommen.

Er hält mich an den Haaren gefangen, während er mit seinen Lenden gegen meinen Hintern prallt, wodurch er mir jeden unglaublichen Zentimeter von sich gibt. Seine

Härte trifft meine inneren Wände und das Zucken beginnt – eine Lawine an Beben und Zittern, die meine Schenkel und Bauch durchrütteln.

„Sam", schreie ich, da ich vor der zunehmenden Intensität fast schon Angst habe.

„Nimm es", knurrt er.

„Ja. *Bitte.*"

„Flehst du mich an? Wir sind beide auf den Knien, Baby. Beten um Erlösung, die kommen wird... jetzt... gleich." Seine letzten Worte sind beinahe unverständlich, weil sie so mit Knurren versetzt sind.

Er rammt sich so hart in mich, dass er mich flach auf den Bauch drückt und so tief in mir vergräbt, dass ich denke, ich werde in zwei Hälften gespalten. Sein Brüllen erfüllt den Raum und vermischt sich mit meinen Lustschreien.

Meine inneren Wände verkrampfen und entspannen sich, pulsieren und drücken zu, während der Orgasmus in Woge um Woge der Ekstase durch mich schwappt.

„Süße Tigerin."

Ich weiß nicht, wie viel Zeit vergeht – ich schwebe irgendwo zwischen Ekstase und Engeln.

Sam zieht sich aus mir zurück, wobei er mir leise ins Ohr summt und mir die Haare aus dem Gesicht streicht. Er will mich gerade zärtlich in seine Arme ziehen, als ich einen Satz mache und ihn mit dem Rücken auf das Bett werfe.

Ich schlage zu, bevor ich überhaupt weiß, was ich tue und meine Zähne sinken in das Fleisch seiner Schulter.

Sam holt scharf Luft und dann lacht er.

Ich schmecke Blut und löse mich entsetzt von ihm.

„Oh mein Gott. Was habe ich gerade getan?" Ich schlage mir die Hand vor den Mund.

Er zieht sie zurück und wischt das Blut aus meinem Mundwinkel. „Ich denke, du hast mich gerade markiert." Er gluckst erneut. „Ich wette du bist eine Alphatigerin." Stolz schimmert in seinen Augen. „Markierst dein Männchen, um die anderen Weibchen fernzuhalten."

Ein hysterisches Kichern entweicht meinen Lippen. „Wirklich?" Jetzt, da er es sagt, erkenne ich das besitzergreifende Gefühl, das ich ihm gegenüber empfinde. Die Layne, die sich zurückhielt und jedermanns Mist hinnahm, ist fort. Ich würde jede Bedrohung für Sam abwehren – männlich oder weiblich.

Ich beuge mich nach vorne und lecke die Wunde, so wie Sam meine reinigte.

„Jetzt bin ich dein. So wie du mein bist." Seine Augen sind wieder blau. Das Blau des Meeres. Des Himmels bei unserer Heißluftballonfahrt.

„Was jetzt?", frage ich leicht atemlos wegen der Möglichkeiten. Zum ersten Mal in meinem Leben verspüre ich nicht den ständig brodelnden Drang, zu gehen und mehr zu tun. Mich mehr anzustrengen. Etwas zu erreichen.

Ich bin zufrieden damit, einfach zu sein.

Nur mit Sam zusammen zu sein.

Mit mir.

KAPITEL FÜNFZEHN

*L*ayne

„DAS IST ES ALSO? Ihr geht?", fragt Parker. Wir drängen uns alle in Nashs Wohnzimmer, alle außer dem Löwen, der sich rar gemacht hat.

Sam hat seinen Arm um mich gelegt. „Ich denke, dass es besser ist, wenn Layne und ich eine Weile untertauchen."

„Man kann nirgends besser untertauchen als hier", grinst Declan und hält die unbeschriftete Schnapsflasche hoch.

„Genau." Sam schüttelt den Kopf. „Ich glaube nicht, dass Layne es zu schätzen wusste, dass ihr euch gestern Nacht die Kante gegeben und um drei Uhr vor unserem Fenster gesungen habt."

„Das war ein gutes altes irisches Ständchen", protestiert Declan.

„Yeah nun, du hast Glück, dass mein Tiger keinen Hunger hatte", sage ich.

„Natürlich habe ich Glück. Es war nicht meine Idee, es war Lauries."

Der Eulengestaltwandler hält die Hände hoch, als ich ihn spielerisch finster anstarre.

„Es stimmt, du konntest noch nie einer guten Liebesgeschichte widerstehen. Genauso wenig wie Nash, aber er zeigt es nicht." Declan streckt den Kopf in den Gang und ruft: „Aber innen drin ist er ein großer alter Softie, stimmt's?"

Nashs Schlafzimmertür erzittert wegen eines Brüllens.

„Er wird schon noch mit uns warm werden." Declan zwinkert uns zu.

„Oder er ist irgendwann total genervt von dir und frisst dich", sagt Sam.

„Wie auch immer." Parker zuckt mit den Achseln.

„Wir sind für dich da, wenn du uns brauchst", sagt Laurie. Sein Stottern hat sich seit dem Kampf gebessert.

„Wir werden dich vermissen, Kätzchen." Declan kommt mit ausgestreckten Armen auf mich zu. „Darf ich sie umarmen?", fragt er Sam.

„Nein", antworten Sam und ich wie aus einem Munde, aber ich umarme ihn trotzdem und dann Laurie, während sich Sam und Parker auf den Rücken klopfen.

Sie stapfen alle nach draußen, um uns zum Abschied zu winken.

„Also", frage ich, „wohin gehen wir jetzt?"

„Ich könnte dich nach Hause bringen", schlägt Sam vor. „Smyth und seine Männer sind tot."

„Santiago ist noch immer dort draußen", erinnere ich ihn.

„Nicht mehr lange", schwört Sam. „In der Zwischenzeit... ich kenne einen Ort, an dem wir unterkommen können."

„Ich vertraue dir." Ich lehne mich auf meinem Platz zurück. „Fahren wir."

Sam hebt sein Handy ans Ohr.

„Sam, bist du das?", dringt die Stimme einer jungen Frau via Bluetooth durch die Lautsprecher.

„Jepp, ich bin's." Er grinst, dreht sich zu mir und formt mit den Lippen, *Kylie*. Ich nicke.

„Oh Gott sei Dank. Allerdings solltest du besser einen guten Grund dafür haben, dass du mich auf einer ungeschützten Leitung anrufst."

„Meine ganze Ausrüstung wurde bei dem Angriff verbrannt."

„Yeah, das Gebäude war nur noch Asche. Wer auch immer dein Löwenkumpel ist, er kennt sich mit Sprengkörpern aus. Jackson und Garrett sind gerade rechtzeitig gekommen, um zuzuschauen, wie die Feuerwehr das Inferno unter Kontrolle zu bekommen versuchte. Sam." Ihre Stimme sinkt zu einem ehrfürchtigen Flüstern. „Ich glaube, er hat Napalm benutzt."

„Nash ist verrückt", bestätigt Sam. „Aber deswegen rufe ich nicht an. Kylie – ich komme nach Hause."

„Wirklich?"

„Yeah, endgültig." Er seufzt. Ich drücke seine Hand und er streckt sie aus und streicht eine Haarsträhne aus meinem Gesicht. „Und ich bringe jemanden mit, den ich dir vorstellen möchte..."

EPILOG

*D*er Mauszeiger auf dem Computer blinkt mir entgegen. Ich befinde mich in einem weiteren Wettstarren. Als sich die Dateien geordnet haben, lehne ich mich mit einem Lächeln zurück.

Ein Paar Hände verdeckt meine Augen.

„Wer bin ich?"

Ich grinse. „Ich kann dich riechen."

„Ach ja?" Sams Lippen finden meine Ohren. „Willst du mich schmecken?"

Ich drehe meinen Kopf und lasse die Augen zu, während ich seinem Kuss entgegenkomme.

„Mensch, Dr. Zhao", murmelt er an meinen Lippen. „Du bist gut in dem hier."

„Ich bin eine schnelle Lernerin", schnurre ich.

„Warum schnell? Warum nicht langsam?" Noch ein Kuss und dann lehnen wir unsere Stirnen aneinander und genießen einfach nur den Moment. Sind zusammen. Atmen den Geruch des jeweils anderen ein.

„Wirst du die ganze Nacht lang arbeiten?"

„Es ist Nacht?" Ich hebe meinen Kopf und blinzle ihn an. Die Spätnachmittagssonne beleuchtet noch immer mein winziges Labor.

„Wenn ich dich dazu verführen kann, früher aufzuhören –"

„Du verführst mich immer."

„In diesem Fall." Er beugt sich nach unten, um mich noch einmal zu küssen, als ein leises Krähen uns dazu veranlasst, den Kuss zu beenden.

„Baby im Labor", verkündet Sam, der mit einem reumütigen Gesichtsausdruck zurücktritt.

„Hey, Jay", säusle ich und hebe das krabbelnde Kleinkind hoch. „Wer ist mein Lieblingskätzchen?"

„Welpe", korrigiert Sam.

„Wir wissen es nicht, bevor sie ein Teenager ist", informiere ich ihn hochmütig und trage das kostbare Mädchen aus meinem Labor, während ich ihr „Katzengestaltwandler, Katzengestaltwandler" zuflüstere.

Mein Labor ist ein ehemaliges Poolhaus. Kylie und Jackson haben es ein bisschen übertrieben und mir die modernste Ausrüstung gekauft, sodass es tatsächlich der perfekte Ort ist, um meine Forschung fortzuführen. Der fantastische Pool gerade vor der Tür und die regelmäßigen Baby Unterbrechungen sind super zusätzliche Vorteile.

„Jaylin, da bist du", ruft Kylie, die zu uns eilt. Das Baby brabbelt und streckt seine Arme nach seiner Mama aus. „Ich habe nur einen Augenblick weggeschaut."

„Sie wird wirklich schnell", lache ich.

„Ich hoffe, sie hat deine Forschung nicht unterbrochen."

„Nein, ich war sowieso gerade fertig." Ich grinse Sam an, der sich neben mich schiebt und meine Hand nimmt.

„Habt ihr zwei Hunger? Jackson wirft gerade den Grill an."

„Ist das nicht normalerweise dein Job?", frage ich Sam, während wir um den Pool schlendern.

„Ich habe es mal ihn versuchen lassen, damit ich dich rauslocken konnte." Sam küsst meine Wange.

„Wirklich? Du wolltest mich rauslocken?"

„Irgendwann."

„Hübsche Schürze, Jackson", rufe ich, als wir die Terrasse erreichen, wo der riesige Wolfgestaltwandler einen Grill bewacht und eine „Küss den Koch" Schürze trägt. Er grunzt und wendet ein Steak.

„Männer in der Küche sind heiß", verkündet Kylie.

Wir setzen uns an den Tisch, während Jackson genug Fleisch grillt, um eine Armee zu füttern – oder vier Gestaltwandler und ein Baby. Ich musste mich erst an den Appetit meines Tigers gewöhnen. Jetzt kann ich das Mittagessen nicht mehr auslassen oder nur einen Müsliriegel essen.

Gott sei Dank hat mir Sam dabei geholfen, mich in der Gestaltwandlergemeinschaft zurecht zu finden. Wie sich herausstellte, hat Smyth den Trank richtig hingekriegt. Ich *bin* ein Alpha, wie Sam vermutete – fast so mächtig wie Jackson. Das macht es ein bisschen knifflig in Jacksons Revier zu leben. Zum Glück denken Katzen anders über Dominanz als Wölfe. So lange Sam in Sicherheit ist, ist meine Katze glücklich.

Das ist auch gut so. Meine Tigerin könnte Jackson in

einem Kampf eins gegen eins vermutlich überwältigen, aber Kylie würde nicht fair kämpfen.

„Ich habe eine Ankündigung zu machen", sage ich, als das Essen auf dem Tisch steht. „Die Forschung ist abgeschlossen. Ich habe kein Barrington's."

Freudige Rufe schlagen mir entgegen. Ich nehme Kylies Umarmung an und gehe wieder zurück in Sams Arme.

„Ein Toast." Jackson hebt sein Bier.

„Auf Layne", schlägt Kylie vor.

„Auf das Leben", korrigiere ich. „Und all die Leute, die es lebenswert machen."

~.~

Sam

NACH VIER PFUND Steak gehe ich ins Haus, um noch mehr Bier zu holen – und etwas Ruhe zu haben. Während wir aßen, vibrierte mein Handy in meiner Tasche wegen eines verpassten Anrufs. Eine unbekannte Nummer, aber ich weiß, wer es ist.

Hast du meine Nachricht erhalten? schreibe ich.

Yeah. Die Antwort kommt sofort. *Mein Dank an deine Quelle.* Ich blicke hinaus zu dem Tisch, wo meine *Quelle*, Kylie, gerade ihre Tochter dazu ermutigt, einige wacklige Schritte zu Layne zu machen. Es hat ein paar Monate gedauert, aber Kylie ist es gelungen, einige Hinweise auf eine gewisse Löwin auszugraben. Denali Decker hat kaum Spurenm hinterlassen, aber nichts stoppt Kylie.

Gib mir Bescheid, wenn du bereit bist, dem nach-zugehen.

Es vergeht keine Sekunde, bevor mein Handy wegen einer weiteren SMS von Nash vibriert.

Bereit. Lass uns meine Gefährtin suchen.

MEHR WOLLEN?

Bitte genieße diesen kurzen Auszug aus dem nächsten alleinstehenden Buch in der *Bad-Boy-Alpha*-Serie

Alphas Versuchung
Alphas Gefahr
Alphas Preis
Alphas Herausforderung
Alphas Besessenheit

RENEE ROSE: HOLEN SIE SICH IHR KOSTENLOSES BUCH!

Tragen Sie sich in meine E-Mail Liste ein, um als erstes von Neuerscheinungen, kostenlosen Büchern, Sonderpreisen und anderen Zugaben zu erfahren.

https://www.subscribepage.com/mafiadaddy_de

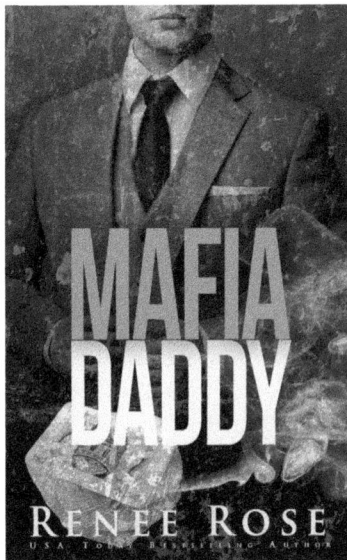

Alpha Bully - Buch 1

Alpha Knight - Buch 2

.

Bad Boy Alphas

Alphas Versuchung

Alphas Gefahr

Alphas Preis

Alphas Herausforderung

Alphas Besessenheit

Die Meister von Zandia

Seine irdische Dienerin

Seine irdische Gefangene

Seine irdische Gefährtin

ÜBER DIE AUTORIN

USA TODAY Bestseller-Autorin RENEE ROSE liebt dominante, verbalerotische Alpha-Helden! Sie hat bereits über eine Million Exemplare ihrer erotischen Liebesromane mit unterschiedlichen Abstufungen verruchter sexueller Vorlieben und Erotik verkauft. Ihre Bücher wurden außerdem in *USA Todays Happily Ever After* und *Popsugar* vorgestellt. 2013 wurde sie von *Eroticon USA* zum nächsten *Top Erotic Author* ernannt und freut sich ebenfalls über die Auszeichnungen Spunky and Sassy's *Favorite Sci-Fi and Anthology Autor*, The Romance Reviews *Best Historical Romance* und Spanking Romance Reviews *Best Sci-fi, Paranormal, Historical, Erotic, Ageplay and Couple Author*. Bereits fünfmal gelang ihr eine Platzierung in der USA-Today-Bestsellerliste mit verschiedenen literarischen Werken.

Besuchen Sie ihren Blog unter www.reneeroseromance.com

ÜBER DIE AUTORIN

Lee Savino ist *USA Today*-Bestsellerautorin. Außerdem ist sie Mutter und schokosüchtig. Sie hat eine ganze Reihe von Büchern geschrieben, die alle unter die Rubrik »smexy« Liebesgeschichten fallen. *Smexy* steht dabei für »smart und sexy«.

Sie hofft, dass euch dieses Buch gefallen hat.

Besucht sie unter:
www.leesavino.com

www.ingramcontent.com/pod-product-compliance
Ingram Content Group UK Ltd.
Pitfield, Milton Keynes, MK11 3LW, UK
UKHW041347280125
4330UKWH00040B/719

9 781636 930060